空暗女王

The Queen Of Air And Darkness

[英] T.H. 怀特 著
聂绪芬 译

天津出版传媒集团
天津人民出版社

图书在版编目（CIP）数据

空暗女王 / (英) T.H.怀特著；聂绪芬译. -- 天津：天津人民出版社, 2020.7（2024.4重印）

ISBN 978-7-201-16032-0

Ⅰ. ①空… Ⅱ. ①T… ②聂… Ⅲ. ①长篇小说－英国－现代 Ⅳ. ①I561.45

中国版本图书馆CIP数据核字（2020）第094694号

空暗女王

KONG AN NV WANG

出　　版　天津人民出版社
出 版 人　刘　庆
地　　址　天津市和平区西康路 35 号康岳大厦
邮政编码　300051
邮购电话　（022）23332469
网　　址　http: //www.tjrmcbs.com
电子信箱　reader@tjrmcbs.com
责任编辑　刘子伯
印　　刷　三河市海新印务有限公司
经　　销　新华书店
开　　本　650mm×940mm　1/16
印　　张　9
字　　数　60 千字
版次印次　2020 年 7 月第 1 版　2024 年 4 月第 2 次印刷
定　　价　25.00 元

目　录

第一章

圆塔顶端有个伫立着一个乌鸦形状的风信鸡，口中衔着一支箭，指示风向。

说实在的，塔顶的圆形房间并不适合人居住。首先，屋里的通风效果好得过分。东面橱柜的底部有个洞，正好能看见高塔外侧的两道门。如果被包围了，没关系，可以从这里丢石头砸人。但令人遗憾的是，风总是从洞里倒灌进来，然后再从没有玻璃的露台窗或烟囱溜走。有时候则正好相反，从上面往下面吹，就像风洞一样。另一件让人头疼的事情就是，房间里总是充斥着烧泥炭的浓烟。但令人意外的是，浓烟是从楼下的房间传来的，而不是来自房间里的火炉。这一切都是复杂的通风系统的功劳，是它把烟囱里的烟吸进了房间。如果天气很潮湿，石墙就会渗水，而且家具也会出现各种问题。比方说，石块到处都是，这样就能随时朝洞里砸；几把热那亚十字弓已经生锈，与箭矢和没有用过的泥炭横七竖八地躺在那儿。四个可怜的孩子甚至连床都没有——如果房间是方形的，说不定就可以放几个橱柜。但是，房间是圆形的，所以他们只能睡在地上，身上盖的则是干草和格纹的长披肩。

孩子们简单地用长披肩搭了一座帐幕，紧紧地依偎着彼此，躺在里面讲故事。这时候，母亲正在楼下的房间里拨弄火堆、添加燃料，为了不让母亲听见，他们只能非常小声地说话。事实上，母亲并不会因为他们说话而上楼来惩罚他们，也从来没有人规定上床后不能说话。他们对母亲恭恭敬敬，百分之百地崇拜着她，完全是因为母亲的性格比他们中的任何一个人都要强。或许这样说更加准确，在教育孩子的时候，她无意识地将一种有缺陷的善恶观的种子播在了孩子们的心里。大概是因为忽视，或者是懒惰，也可能是在某种残酷的占有欲的驱使下，他们养成了一种非常严重的恶习，那就是永远不知道自己的行为到底是对还是错。

听，他们正在用盖尔语聊得火热，哦不，应该是一种盖尔语和古老的骑士语交杂的语言，非常怪异——这样说更加准确。骑士语是他们长大后必须掌握的语言，所以现在就必须开始学。他们几乎不说英语。很多年后，当他们成为大名鼎鼎的骑士，在王宫里为国王效力时，他们讲的就是一口标准的英语。但身为一族之长，加文对此不屑一顾，为了显示对出身的骄傲，他刻意保留着自己的苏格兰腔。

正在讲故事的就是加文，他是老大。他们直直地躺在那儿，看起来和怪青蛙没什么两样——虽然很瘦，但骨骼发育得还算健全，只要补充一些营养，绝对能长得高高大大、结结实实的。他们的头发都是亮色的，加文的是亮红色，加瑞斯的则是淡黄色。他们的年龄在十岁到十四岁，加瑞斯最小。在这些孩子中，加赫里斯比较迟钝，老二阿格凡则是最霸道的一个，馊主意最多，是一个爱哭鬼，而且非常怕痛——从另一方面来看，这是因为他的想象力最丰富，而且比其他人更喜欢动脑筋。

“亲爱的弟弟听我说，很久以前，”加文说，“那时候我们还没有出生，或许压根儿就不存在，我们的外婆非常漂亮，她的名字叫伊格莲。”

“她是康瓦耳伯爵夫人。”阿格凡接着说。

“没错，我们的外婆就是伯爵夫人。”加文附和道，“但是可恶的英格兰国王爱上了她。”

“他就是尤瑟·潘德拉贡。”阿格凡又说。

“赶紧闭嘴吧你！”加瑞斯不耐烦地大喊道，“到底是谁在讲故事？”

加文继续说：“有一天，尤瑟·潘德拉贡国王召见了伯爵夫妇……”

“他们就是我们的外公和外婆。”加赫里斯接过了话头。

“……就这样，他们两个被国王强留在他住的伦敦塔里。后来，他请求外婆和外公分开，和他结婚。但是，康瓦耳伯爵夫人是一个美丽而贞洁的人……”

“应该是外婆。”加赫里斯说。

加瑞斯吼道：“你这个讨厌的家伙，到底有完没完？”接着，房间里就响起了他们蒙在被子里吵架的声音，偶尔还会传来几声尖叫、打人的声音和抱怨声。

加文继续说：“美丽而贞洁的康瓦耳伯爵夫人毫不犹豫地拒绝了尤瑟·潘德拉贡国王的请求，并把这件事告诉了外公。她说：‘国王这次召见我们，我的清白可能要保不住了。夫君，我觉得，我们应该尽快离开这里，最好马上就出发。’于是，他们在午夜离开了国王的城堡……”

“不是午夜，应该是深夜。”加瑞斯纠正道。

“……城里静悄悄的，所有的人都睡着了，他们拎着昏暗的灯笼，小心翼翼地套上马车——马儿头小嘴大，体型匀称、四脚轻快、性格暴烈，拼命地朝康瓦耳狂奔的时候，眼睛里闪烁着熊熊燃烧的火苗。”

“那真是一场惊险的逃亡。”加赫里斯说。

“马儿都累死了。”阿格凡说。

“你瞎说。”加瑞斯说，“外公和外婆怎么可能把马累死呢？”

“到底死了没有？”加赫里斯打破砂锅问到底。

“我确定，没有。”加文想了一下，说，“但是累得够呛。”

故事继续。

“第二天早上，尤瑟·潘德拉贡国王得知这件事后非常生气。”

“火冒三丈。”加瑞斯补充道。

“非常生气。”加文说，“尤瑟·潘德拉贡国王非常生气，说：‘我用我的祖先发誓，不砍掉康瓦耳伯爵的脑袋，用来加菜，我决不罢休。’接着，他给外公写了一封信，命令他提前把脑袋里面装满食材，并且准备好配料。他还夸下海口说，不管他的城堡多么坚固，自己都会在四十天内抓到他。”

“外公有两座城堡。”阿格凡骄傲地说，“庭塔阁和台拉城。”

“就这样，康瓦耳伯爵让外婆待在庭塔阁，自己则坚守在台拉城。尤瑟·潘德拉贡国王很快就攻到了城门前。”

“然后呢，”加瑞斯迫不及待地喊道，“国王在那里搭了很多帐篷，和外公展开了激战，双方死了很多人。”

“有一千个吗？”加赫里斯猜测道。

“起码有两千！”阿格凡说，“只要咱们盖尔人出手，绝对不会少于两千个。没准儿有一百万人呢！”

“外公外婆占了上风，眼看着就要彻底打败亚瑟王了，但就在这时候，一个邪恶的魔法师出现了，他就是梅林……”

“他是个巫师。”加瑞斯说。

“接下来发生了什么，可能你们压根儿就不会相信。这个巫师施展妖术，居然把一肚子坏主意的尤瑟·潘德拉贡送进了外婆的城堡里。外公立刻赶了过去，却不幸在激战中身亡……”

“被阴谋诡计说害。”

“而可怜的康瓦耳伯爵夫人……”

“美丽而贞洁的伊格莲……”

“我们亲爱的外婆……”

“……被那个坏心肠、不讲信用的英格兰国王抓走了，成为他的囚徒。除此之外，虽然她有三个漂亮的女儿……”

“也就是美丽的康瓦耳三姐妹。”

“伊莲阿姨。”

“摩根阿姨。”

“再就是我们的母亲。”

“虽然她有三个女儿，却还是不得不嫁给了杀死她丈夫的凶手。”

他们都被故事的结局惊呆了，默默地思考着这令人难以置信的英格兰恶行，房间里顿时变得静悄悄的。母亲有时候也会给他们讲故事，最喜欢讲的就是这段，所以他们几乎都能背诵了。故事以阿格凡引用的一句盖尔谚语收尾，这也是母亲教的。

“洛锡安人[①]绝不能相信四样东西：牛角、马蹄、狗叫和英格兰人的笑容。”他小声地说。

他们在干草堆里不断地扭动着身体，竖着耳朵聆听着楼下房间的声音。

而在这群讲故事的孩子楼下，只有一支蜡烛和泥炭燃烧的橘黄色火光照亮了房间。作为王后的寝室，这确实太寒酸了，但不管怎么说，这里有一张四柱大床，白天可以充当王座。火炉上架着一只三脚大锅，里面在沸腾翻滚着。蜡烛后面有一块被磨得光亮的黄铜片，当镜子一点儿问题都没有。房间里除了王后之外，还有一只猫，它们的毛发都是黑色的，眼珠子则是蓝色的。

黑猫懒洋洋地侧躺在火光下，不仔细看的话，还以为它已经死了。这是因为它的四只脚被绑得紧紧的，和刚刚被猎到，等着被猎人扛回家的狍子差不多。黑猫已经彻底放弃了挣扎，这时候正好眯缝着眼睛，目不转睛地盯着火焰，身体随之起伏，看起来已经接受了现实。当然，它可能只是太累了——动物总是对自己生命结束的那一刻非常敏感。临死前，它们通常表现得很有尊严，而这正好是人类所不具备的。黑猫斜睨着眼睛，里面跳动着小小的火苗，大概是在动物独有的冷静的驱使下，回想之前的八条命，不抱任何希望，自然无所畏惧。

王后把黑猫拎起来，打算好好展示一下自己的黑魔术，自娱自乐。城里一个男人都没有，他们全都上了战场，这样

① 洛锡安（Lothian）：英格兰地区的行政区。

做起码能打发打发时间。这其实是个隐身咒语。她比不上妹妹摩根和勒菲，脑子里总是缺根弦儿，认真地学习高深的技艺对她来说简直比登天还难，当然也包括黑魔术。和同族的其他女性一样，她的身体里流淌着带有魔法的血液，这就是她这样做的原因。

水不停地翻滚着，突然，黑猫剧烈地颤抖起来，接着便发出一声恐怖的惨叫。它拼命地挣扎着，想跳起来或者游泳，身体已经湿淋淋的，绒毛在蒸气中抖动着，看起来和被捕鲸叉刺中的鲸鱼肚子很像，闪闪发光。它的嘴巴张得大大的，粉红色的咽喉和锋利的白牙清晰可见，怪吓人的。惨叫一声后，黑猫就只能咧着嘴，再也不能发出任何声音，没多久就一命呜呼了。

摩高丝王后静静地坐在大锅旁边，漫不经心地用木勺搅动着猫的尸体，她是洛锡安地区和奥克尼群岛[①]的统治者。不一会儿，房间里就弥漫着猫毛被煮沸的恶臭。如果当时王后身边还有别人，他一定会发现，泥炭的火光让王后看起来漂亮极了：深邃的大眼睛、黑油油的长发、丰腴的体态，还有当她竖着耳朵聆听楼上的孩子们的悄悄话时说表现出的警戒之情。

加文说："我们一定要报仇！"

"他们从来没有与潘德拉贡国王为敌。"

"他们什么都不想管，只想安安静静地过日子。"

康瓦耳的外婆被强占，手无寸铁的人民在暴君的欺压下生不如死，每当想起这些悲惨的景象时，加瑞斯就觉得痛苦不已。对奥克尼各个岛上的农民们来说，高卢人过去的暴行

① 奥克尼群岛（Orkney Islands）：位于不列颠岛北方，苏格兰沿岸。

就像发生在自己身上一样,他们感同身受。加瑞斯生性善良,最讨厌那些恃强凌弱的人。一想起这些的事情,他就会气得浑身发抖,甚至无法呼吸。和加瑞斯不同的是,加文生气的原因是此事关系到家族的荣辱。对他来说,恃强凌弱没什么大不了的,但他决不允许任何人伤害他的族人。作为一个既不聪明又有些愚钝的人来说,忠诚是他最大的优点,用固执来形容也不过分。在他年老的时候,这种忠诚常常给他带来困扰,甚至让他变成“老顽固”。“无论在什么情况下,奥克尼都是对的”,这是他坚持的唯一原则,现在是这样,以后同样如此。阿格凡则是因为此事和母亲有关才激动。他对母亲有一种特殊的、莫名的情感,这是他内心深处的小秘密,从来没有告诉过任何人。加赫里斯完全可以忽略不计,因为他是一个毫无主见的人。

黑猫已经四分五裂。经过长时间的煮沸,它的肌肉全都剥落了,最后锅里变成了“一锅粥”,上面漂浮着厚厚一层令人恶心作呕的浮渣,是由毛发、油脂和肉块构成的。白骨则沉在浮渣下面,飞快地在锅底打转。比较重的骨头一动不动地躺在那儿,比较轻的薄膜则像优雅的舞者一样欢快地跳动着,和秋风中的落叶简直一模一样。这锅新鲜的猫肉汤实在太臭了,王后嫌恶地皱着鼻子,小心翼翼地把液体过滤到另一个锅子里。静静地躺在法兰绒滤网上的,是黑猫的残渣:一团湿淋淋的蓬乱猫毛、碎肉和像牙签一样细的骨头。为了让热气尽快散去,她一边朝残渣吹气,一边不停地用勺柄翻弄,然后用手指拨开。

每只纯正的黑猫体内都有一根特殊的骨头,把猫活活煮死后将骨头含在口里就可以隐身,这一点王后非常清楚。但

到底是哪一根骨头，就算是在当时，也没有一个人知道。所以，必须在镜子前施展这个法术，经过不断地练习，才能找到正确的骨头，这是一个漫长而艰难地过程。

摩高丝并没有刻意追求隐身之术。作为一个漂亮的姑娘，她可能谈不上喜欢这种法术，甚至还很讨厌。但是，男人们都不在家，这个小把戏不仅可以消遣时间，而且人所共知、一学就会。更重要的是，这将成为她在镜子前流连最好的理由。

王后把黑猫的残骸分成两堆，一堆是已经整理好温热的骨头，另一堆则是冒着轻烟的其他碎块。她从骨头堆里挑出一根，翘着兰花指，把骨头放在唇边。她站在被磨得亮堂堂的铜镜前，一边用牙齿咬着骨头，一边高兴地打量着镜子里的自己。她随手把骨头丢进了火里，又挑了一根。

幸好旁边没有人。就这样，她不断重复着之前的动作，挑选骨头，然后站在镜子前咬骨头，看自己有没有消失，最后丢掉骨头。她动作优雅，不知道的人还以为她在跳舞呢，就像旁边真的有人一样。还有一种可能，对她来说，只要能看到自己就行了，其他的都不重要。

没多久，她就觉得无聊透顶——此时已经只剩下最后几根骨头了。她决定放弃，恶狠狠地把整团东西扔到了窗外，完全不关心它们会掉在什么地方。她熄了火，在大床上伸展着四肢，在黑暗里不停地扭动着身体，看起来非常古怪。

“亲爱的弟弟，我们康瓦耳和奥克尼人之所以要和英格兰女王，尤其是麦克潘德拉贡[①]一族抗战到底，就是这个原因。”加文语重心长地解释道。

---

① 在盖尔语中，mac的意思为儿子，放在名字前面则表示是某某人的儿子。

“就是因为这样，我们的父亲才不得不离开我们，去和亚瑟王打仗。母亲告诉过我，亚瑟就是潘德拉贡族的一员。”

“我们的母亲是康瓦耳人，伊格莲夫人是我们的外婆，”阿格凡说，“所以我们一定要牢记世仇。”

“我们要为家人报仇。”

“因为对我来说，母亲是这个广阔无边、变幻莫测的世界里最美的人。”

“而且我们非常爱她。”

不用怀疑，他们确实很爱她。我们大概都是这样的，毫无保留地将我们最真挚的情感给了那些完全没有把我们放在眼里的人。

第二章

人们在两次盖尔战争之间度过了一段平静的日子，一天，年轻的英格兰国王和导师并排站在卡美洛的城垛上，眺望着傍晚的紫霞。下面的土地沐浴在柔和的光线之中，蜿蜒曲折的河流缓慢地从古老的修道院和庄严地城堡旁经过。夕阳西照，河水仿佛开始熊熊燃烧起来，将高大而坚固的塔楼、碉堡和纹丝不动的燕尾旗映照得红彤彤的。

他俩俯瞰着整座城镇，整个世界仿佛都铺展在面前，就像一个一个玩具一样。脚下是城堡外庭的草坪，这样看下去简直可怕极了。只见，一个等比例缩小的人挑着扁担，两端各有一个水桶，正穿过外庭，走向圈养动物的庭院。城堡的门楼离得稍远一些，值夜的守卫正好在和军官交接。幸好不在他俩的正下方，没什么可怕的。他们踢着脚跟敬礼，伸出长矛，交换通关口令，就像是教堂的婚礼钟声，令人心情愉悦。但是他们离城墙上的两个人实在太远了，所以周围还是静悄悄的。远远看上去，两名武装随员简直和用铅做的玩具士兵一模一样，他们踩在羊群啃过的绿油油的草地上，没有发出一丁点儿声音。杂音从胸墙的那边传了过来，有村妇们讨价还价的声音，有淘气的孩子们大喊大叫的声音，有下级军士举杯欢庆的声音，其中还混杂着几只山羊咩咩咩的叫声。偶尔还会有几个戴着白色兜帽的麻风病人走过，他们一边走一边摇晃着铃铛；好心肠的修女两人一组，走路时长袍发出了沙沙的声音；还有几位爱马的绅士扭打在一起。河流沿着城墙缓缓流动，在河对岸，一名男子正在耕田，犁绑在马背上，嘎嘎作响。在离这名辛勤劳作的男子不远的地方，一个人正在用虫子当诱饵，坐在河边钓鲑鱼——那时候，河流还没有被污染。在更远的地方，一头驴子正在引吭高歌，欢快地迎接即将到来的夜晚。不管是什么噪音，传到城垛上时都变得像蚊子的嗡嗡声一样细微，就像扩音器掉了个儿。

亚瑟还年轻得很，生命之旅才刚刚开始。他的头发是金色的，表情看上去呆呆的，绝对和聪明才智沾不上边。那张坦率的脸上有一双闪烁着善良之光的眼睛，表情可靠而忠实，如果是不了解他的人，一定会觉得他是个认真学习的人，对生命充满喜悦，认为这个世界上没有原罪。他对任何人都很友善，因为他从来没有受过不公平的对待。

新国王亚瑟穿着父亲——“征服者”尤瑟的天鹅绒长袍，长袍镶边用的是被尤瑟打败的十四位国王的胡子。令人遗憾的是，这些胡子不仅颜色多种多样，有红色的、黑色的、黑白相间的，甚至连长度也不一样，长的长，短的短，简直就是一条羽毛围巾。如果是上唇的小胡须,会被粘在纽扣周围。

梅林戴着玳瑁框眼镜和一顶圆锥形的帽子，胡子垂到了腰间。他之所以戴这种帽子，目的是表达自己对撒克逊农奴的敬意。在这个国家，人们的头饰除了某种潜水帽，也就是

弗里吉亚帽[①]之外，就只有这样的草帽了。

在傍晚的各种声音里，他俩偶尔也会聊几句。

“嗯，我觉得当国王确实挺过瘾的。这场战役非常了不起。”亚瑟说。

“这是你的真实想法吗？”

“当然。我一拔出神剑，奥克尼的洛特王就吓得夹着尾巴逃跑了，您应该瞧见了吧？”

“我记得，是他先击倒你的。”

“那不重要。是因为我的神剑没有出场。一看见我的剑，他们就吓得一溜烟儿跑了。”

“他们一定还会回来的。”魔法师说，“据我所知，奥克尼国王、加洛斯国王、高尔国王、苏格兰国王、塔楼国王和百骑王已经结成了盖尔联盟。你要记得，你的国王宝座是怎么得到的。”

“没什么大不了的，我随时等着他们。”国王回答道，“只要他们敢来，我一定要给他们点颜色瞧瞧，让他们知道谁才是最厉害的。”

老人把胡须塞进嘴里，用力地嚼了起来——遇到烦心事时，他总是这样做。他咬断了一根胡须，然后卡在了牙缝间。他尝试着用舌头把胡子剔出来，结果却失败了，最后用手才把胡子挖了出来。他一气之下，把胡子揉成了一团。

“我知道你总有一天会明白的。”他说，“但是，你绝对想象不到，这件事有多难，多令人心痛。”

“是吗？”

① 弗里吉亚帽（Phrygian Cap）：即自由之帽，是法国大革命士共和政体的象征。

“没错！”梅林大声嚷嚷道，“‘是吗？是吗？是吗？’除了这个，你还会说什么？‘是吗？是吗？是吗？’你简直就是个小学生！”

“如果您还是这样口无遮拦，我就让您脑袋落地。”

“来吧！死了一了百了，再也不用给你当家教了。”

亚瑟动了动靠在城墙上的胳膊，眼睛一眨不眨地看着他忠实的朋友。

“你怎么了，梅林？”他问道，“我做错什么了吗？如果是，我向你道歉。”

魔法师松开胡须，擤了擤鼻涕。

“你的问题不在于你做错了什么事，”他说，“而在于你思考问题的方式。你知道，愚蠢是我最无法忍受的。我经常说，愚蠢是违背圣意的大罪，不可饶恕。”

“没错，是这样。”

“你又在嘲笑我吧？”

国王抓住他的肩膀，转动他的身子，面对着他说：“告诉我，到底发生了什么？您心情不好吗？如果是因为我做了什么愚蠢的事，您就直说，千万不要乱发脾气。”

这让老魔法师更加生气。

“告诉你？”他大吼道，“如果没有人能告诉你，你自己就永远不会思考吗？我想知道，如果我真的被囚禁在坟墓里，你想怎么做？”

“什么坟墓？为什么我从来没听说过？”

“什么坟墓？鬼才知道是什么坟墓呢！我都不知道自己到底在说什么。”

“愚蠢。”亚瑟说，“我们不是在讨论愚蠢吗？”

“是的。”

“说‘是的’有什么用呢？您好好想想，您到底想说什么？”

“我忘了。你总是东扯西拉，别人都快被你气死了，怎么可能还记得两分钟前想说什么？我们一开始想说什么呢？”

“在说这场战役。”

“哦，对，我想起来了。”梅林说，“是从这里开始的。”

“我说，这场战役赢得漂亮。”

“没错。”

“确实赢得漂亮。”亚瑟重复了一遍，似乎在防御什么，“打得精彩极了，是我自己打赢的，非常好玩。”

魔法师陷入了沉思，眼神显得黯淡无光，就像兀鹰的眼睛被蒙上一层雾一样。在随后的几分钟里，城垛上静悄悄的，只能听见两只在附近的田野里接受饲育训练的游隼从他们头顶上空飞过，叽叽叽地叫着，身上挂的铃铛发出了清脆响亮的铃声。梅林终于睁开了双眼。

他一字一句地说：“你赢了，说明你很聪明。”

亚瑟记得老师的教诲，想要谦虚，但是他太单纯了，压根儿没有意识到兀鹰马上就要发起攻击。

“哎，没什么大不了的，是我运气好而已。”

“你确实非常聪明。”梅林重复了一次，“你的步兵死了多少？”

“我忘了。”

“忘了？”

“凯伊说……”

国王只说了一半就突然停了下来，看着梅林。

“好吧，打仗一点儿也不好玩，这是我的疏忽。

“至少死了七百人，而且都是步兵。除了那个从马上摔下来，摔断腿的人之外，骑士们什么事都没有。

“我差点忘了，你自己也受了不少皮外伤呢！”

亚瑟死死地盯着自己的指甲，“我最讨厌的就是您自命清高的模样。”

梅林差点儿笑出了声。

“对了，就是这种精神！”他微笑着勾起国王的手说，“就是要这样！无论什么时候，都要为自己辩护，这一点非常重要。凡事都问别人的意见最要不得。再说，过不了多久，我就不能再陪在你身边，给你提出建议。”

“不能再陪我，还有坟墓，您到底在说什么？”

“无所谓。反正要不了多久，我就会和一个可爱的女孩相爱，她叫妮姆。我会把法术全部传授给她，然后，她会把我关在一个山洞里好几百年。这一切都是上帝的旨意。”

“但是，梅林，那样简直太恐怖了！像癞蛤蟆一样被关在山洞里好几百年，哦，天哪，我们必须想想办法。”

“胡说八道什么？”魔法师说，“刚才我说到哪儿了？”

“您提到了一个女孩子……”

“我只是建议，我觉得你用不着听任何人的意见。别着急，我马上就给你几个建议。依我看，你应该把更多的精力放在战争、你的国家格美利，以及身为一国之君该做的事情上。你有信心吗？”

“有，当然有。但是那个偷学您法术的女孩……”

“听着，这是个非常重要的问题，不管是和你，还是和

老百姓，都密切相关。你觉得这场战役非常精彩，也就是说，你赞同你父亲的想法。这么多年来，我一直悉心地教导你，为的就是让你有自己的想法。等到我老了，被关在洞里的时候……”

“梅林！”

“好吧，我不说了！别放在心上，我只是想让你同情我，目的是增加戏剧效果而已。说真心话，休息几百年并没有你想象的那么差。至于妮姆，我会发动我的‘后见之明’，好好地观察她。稍等,我说错了,对你来说,‘自己思考’和‘战争’才是最重要的。比方说，你有没有认真地思考过国家的现状？或者说，你想和亚瑟·潘德拉贡一样过一辈子？不管怎么样，你可是一国之君啊。

“这个问题我暂时还没想过。”

“好吧，那就把这个任务交给我吧。我们不妨以你那位盖尔族的朋友为例，也就是布鲁斯·索恩斯·匹帖爵士。”

“他？”

“没错！但是我想知道，你为什么是这种口气？”

“他到处谋害少女，是个大浑蛋。等到勇敢的骑士来救人的时候，却吓得撒腿就跑。为了把别人甩在后面，他特意饲养了很多快马，还趁别人不注意的时候发起突然袭击。这个可恶的土匪，如果被我逮到，我一定会砍掉他的脑袋，为民除害。”

“等等，”梅林说,“从外表上看,他和其他人没什么两样。那么，什么才算是真正的骑士精神呢？其实就是赚够钱后买一座城堡和整套盔甲，然后骑在撒克逊人的头上拉屎，任意地欺凌他们。这条路并不难走，最坏的结果也不过是和另一名骑士狭路相逢，有些皮外伤。还记得你小时候看派林诺和格鲁莫用长矛比武的事吗？胜败的关键在于盔甲。砍死平民百姓对贵族来说简直是小菜一碟，要伤到彼此却需要一整天的时间，结果显而易见——国家惨遭蹂躏。谁的力量大，谁就是正义的化身，这是他们的座右铭。布鲁斯·索恩斯·匹帖只是一个非常普通的例子罢了。再比如洛特、南特斯、尤里安和其他盖尔族的人，为了争夺王位就和你开战。从石头里拔出剑的确不是证明身份最好的办法，这一点我清楚得很，但这并不是那些原住民的国王起兵与你对抗的根本原因。他们的王位一天没坐稳，心就一天不能放在肚子里，自然要向你，也就是他们的封建领主开战。英格兰的危机其实就是爱尔兰的转机，我们经常把这句话挂在嘴边。这对他们来说是千载难逢的好机会，既可以为自己的族人报仇，还可以趁机大开杀戒，并且靠赎金小赚一笔。他们是这场战乱的罪魁祸首，穿着坚固的盔甲，所以一点儿损失都没有——你可能也会觉得挺可笑的。真正遭殃的是这个国家，谷仓变成了灰烬，尸体在池塘里随处可见，腹部圆滚滚的死马横七竖八地倒在路边；磨坊倒塌，财富都被埋在了地下，再也没有人敢在大街上穿金戴银。现在的骑士精神就是这样。这一切都是亚瑟·潘德拉贡的错，你却口口声声说打仗好玩！”

“我很抱歉，我太自私了。”

“我知道。”

“我应该帮那些没有盔甲穿的人着想。”

“是的。”

“力量并不代表正义，是这样吗，梅林？”

“太棒了！”魔法师赞赏道，“太棒了！亚瑟，作为一个

机灵的年轻人，可不能这样蒙混你的老师！我看出来了，你是想引出我的好奇心，让我动脑筋。我可没这么傻！有句话你一定听过：姜还是老的辣。好了，我就不多说了，你自己好好想想。力量是否意味着正义？如果不是，找出其中的原因，并且拟定计划。除此之外，你还有什么计划？”

“什么……”国王刚张口，就敏感地察觉到了老师的变化，他正在准备皱眉。

“好的，我一定认真思考。”他说。

于是，他一边轻轻地揉搓着即将长出小胡须的上唇，一边认真地思考起来。

在他们离开堡垒之前，发生了一件小事。这时，之前挑着水桶去鸟兽庭院的人走了回来，桶里已经空空的。他从两人的正下方走过，朝厨房的门走去，显得非常渺小。亚瑟正好拨弄着堞口松动的一块石头，他觉得有些累，便拿着石头往前靠了靠。

“柯斯连看起来太小了。”

“没错。”

“我想知道，如果我用这块石头砸他的脑袋，会是什么结果？”

梅林估算了一下距离。

“如果速度达到每秒三十二英尺[①]，”他说，“我想，他一定会被砸死。要知道，敲碎头盖骨只需要区区四百克的力量。”

“我还从来没有这样做过。”男孩看起来有些犹豫。

梅林打量着他。

① 1英尺约等于0.3米。

“永远记住一点，你是国王。”说完，梅林又补充了一句，“如果你做了，也没有人敢说什么。”

亚瑟仍然保持着原来的姿势，身子前倾，手里握着石头。他的身体虽然没动，却忍不住看了看旁边，正好撞上了老师的视线。

石头分毫不差地打飞了梅林的帽子，老绅士愤怒地挥舞着铁梨木手杖，手脚灵活地追着亚瑟跑下楼梯。

亚瑟开心极了。他尽情地享受着自己的纯真和好运，和被赶出伊甸园之前的人类没什么两样。他摇身一变，成了高高在上的国王，而在不久前，他只是一个卑微的随从，这一切简直就像变魔术一样。他不再是无人疼爱的孤儿，在深受所有人爱戴的同时也爱着所有的人——但不包括盖尔族人在内。

到现在为止，在他看来，在这个到处都是晶莹的露水的地方，一切都是那么美好、那么纯净，仿佛哀伤从来都没有存在过。

第三章

听说了奥尼克王后的各种传闻后，凯伊爵士非常感兴趣，还想知道更多。

“谁是莫高丝王后？”有一天，他问，“听说，她是个大美人。原住民为什么要和我们打仗呢？她的丈夫，也就是洛特王，到底是一个什么样的人？有人叫他‘外岛国王’，有人叫他‘洛锡安与奥尼克国王’，但是他的正式称号到底是什么？洛锡安在什么地方？离海巴西岛有多远？众所周知，英格兰国王是他们共同的封建领主，所以我不知道他们为什么要叛乱。据说，她有四个儿子。有人说，他们夫妇不和，真的是这样吗？”

他们带着游隼去上猎松鸡，正在回家的路上。梅林想活动活动筋骨，也一块儿去了。不久前，他成了素食主义者，并以此对流血事件表示强烈的抗议。虽然如此，他年轻时非常不懂事，类似的活动可没少参加。即便是现在，猎鹰的雄姿仍然深深地烙印在他的脑子里：它们像猎物发起突然袭击时那干净利落的回旋，就像天空中的一个小黑点；还有它们猛地向松鸡扑过去，猎物瞬间毙命，滚进石南丛中的景象。

他之所以能抵挡住这些诱惑，是因为他知道这是在作孽，是罪恶。他安慰自己说，松鸡原本就是用来吃的，但事实上，这个理由并不充分，原因很简单——他不吃肉。

骑马时，亚瑟神色警觉，聪明的年轻国王就该是这个样子的。在那个没有法纪的年代，茂密的荆豆丛是敌人埋伏的好地方，所以他一直密切地关注着那里，生怕有什么风吹草动。他瞥了导师一眼，既想弄清楚魔法师会回答凯伊的哪些问题，又时刻保持警惕，防范任何可能出现的危险。他知道，驯鹰师在离他很远的后面，远远落在后面。驯鹰师扛着方形的框架，站在上面的是戴头套的猎鹰。两边分别站着一个士兵。他还知道，没准儿什么时候威廉二世[①]的暗箭就可能从前方飞过来。

梅林选择的是第二个问题。

“战争永远不可能只有一个原因，”他说，“有很多因素，错综复杂，叛乱同样如此。”

“但不管怎么样，肯定有主因吧？”凯伊说。

“这可不一定。”

“我们还是跑一会儿吧？离荆豆丛已经两英里了，我们可以再返回来找其他人，就当是让马儿活动活动吧！”亚瑟说。

这时，梅林的帽子被风吹走了，于是他们停下来捡。后来，他们排成一队，牵着马慢慢地走。

“盖尔人和高卢人之间的血海深仇，”魔法师说，“就是其中一个原因。盖尔城邦代表的是一支被很多异族从英格兰赶走的古老民族，而你就是这些异族的领导者。现在，你知

① 威廉一世的儿子，也是诺曼征服后的第二任英格兰国王。

道他们为什么不会对你好了吧？”

“民族的历史我无能为力，”凯伊说，“现在，谁还能分清自己到底属于哪一族吗？说白了，我们大家都是农奴。”

老人饶有兴致地看着他。

“除了自己，简直一无所知，”他说，“这就是诺曼人最令人不可思议的一点。尤其是你，凯伊，毫不夸张地说，你作为诺曼贵族，在这方面完全可以打满分。你真的了解盖尔人吗？这一点我表示怀疑。他们也叫塞尔特人。”

“塞尔特是一种战斧。”亚瑟说。亚瑟居然知道这种事，这让魔法师非常惊讶，要知道，他已经好多年没有这样吃惊过了。亚瑟说得对极了，塞尔特确实有这个意思，但是按理说，亚瑟不应该知道啊，这到底是怎么回事呢？

“不是你想的那样，我的意思是塞尔特民族。算了，我们还是叫他们盖尔人吧，也就是那些住在不列塔尼、康瓦尔、威尔士、爱尔兰和苏格兰等地的原住民，比如匹克特人[①]。”

“匹克特人？”凯伊问道，“听人说，他们把自己全身上下都涂成了蓝色。”

“我花了这么多年的心血，难道你只学会了这些？”

“梅林，请你再讲讲民族的事吧！我认为，如果真的会爆发第二次战争，应该多了解局势。”国王一边沉思，一边说。

这回，大惊失色的人变成了凯伊。

“真的要打仗了吗？”他问，“我怎么没听说过？去年的叛乱不是已经平息了吗？”

“他们回去后，又联合了另外五位国王，现在，他们已经结成了新的联盟，由十一位国王组成。新成员包括北亨伯

① 匹克特人原本是古代英格兰东北部的原住民，后来被苏格族征服。

兰的克莱伦斯、康瓦耳的伊德列斯、北威尔士的克雷德马斯、史川格的布兰迪格里斯、爱尔兰的安格西，全都是原住民。一场规模空前的大战即将爆发。”

国王一言不发。

“还有呢，请您接着说。”国王对梅林说。

“但是大概说说就好。”

魔法师刚要说话，他赶紧补充了一句。

梅林想了好一会儿，开口又闭口了两次，总算是遵守了这个限制。

“故事要从大约三千年前说起，”他说，“你现在骑马经过的这块土地，其实是某一支盖尔族的领地，他们用的是铜制的斧头。两千年前，他们被拿着青铜剑的另一支盖尔族赶到了西边。一千年前，手持铁制武器的条顿人杀到了这里，但是因为罗马人的入侵，条顿人的势力没能占领整个匹克特群岛。八百年前，罗马人好不容易撤走了，另一波条顿人却从天而降，也就是撒克逊人，将这块土地上原本的主人赶到了西边更远的地方。就在撒克逊人打定主意在此定居的时候，你的‘征服者’父亲和他率领的诺曼人来了，这才有了今天的我们。罗宾森就是撒克逊人的游击队战士。”

“可是，我们为什么叫不列颠群岛呢？”

“那其实是一个美丽的错误，因为大家把B和P弄混了。条顿人总是改不了把辅音搞混的毛病。爱尔兰人常常会提到的一支叫佛美的民族，真正的名族应该是波美拉尼亚族……”

在这个关键时刻，他的话被亚瑟打断了。

“也就是说，我们诺曼人把撒克逊人当农奴，但他们也

有农奴，就是盖尔人的原住民。如果是这样，盖尔联邦为什么要处处和我这个诺曼国王作对呢，他们不是应该反对撒克逊人吗？再说，那已经是几百年前的事了。”

“好孩子，我想你低估了盖尔人的记性。对他们来说，你们和撒克逊人没什么区别，因为诺曼人和撒克逊人都是条顿民族的分支。在他们心里，你们就是把他们赶到西方和北方的侵略者，唯一不同的只是分支而已。”

“到此为止吧，历史可不关我的事。我们已经是大人了，如果继续这样，还不如干脆来听写呢！”凯伊不耐烦地说。

亚瑟忍不住笑出声来，居然真的唱起了他们熟悉的口诀：“巴拉巴拉、赛拉伦、达力、费立欧克、普利欧利斯……”后面的四句则是由凯伊完成的。

“好吧，这可是你们自己要求的。”梅林说。

“知道啦。”

“总而言之一句话，这场战争迟早会发生，最根本的原因就在于条顿人，也可能是高卢人，他们在很多年前就和盖尔人结下了梁子。”

“我们可从来没这样说过！”魔法师大声嚷嚷道。

他们张着嘴巴，站在那儿发呆。

“我的意思是，战争的发生往往有很多原因，并不仅仅只有一个。摩高丝王后穿长裤，也就是苏格兰格子呢紧身裤，就是战争爆发的原因之一。”

亚瑟顿时懵了，“等等，让我好好想想。一开始，您说洛特和他的同伙是因为他们是盖尔人，而我们是高卢人，才造反的，现在您却说，奥克尼王后的长裤才是最根本的原因。您能告诉我，这到底是怎么回事吗？”

“我们刚刚提到了盖尔族和高卢族之间的恩怨，但是你要明白，这并不是他们之间唯一的矛盾。在你出生之前，你父亲杀死了康瓦耳伯爵的事情，你应该还记得吧？伯爵就是摩高丝王后的父亲。”

“漂亮的康瓦耳三姐妹。”凯伊说。

“没错。摩根勒菲女王也是三姐妹之一，你们已经见过了。她就是你们是罗宾森朋友的时候，在猪油床上发现的那个人。另一位叫作伊莲。她们三个都算得上是女巫，但是真正修炼的人只有一个——摩根。”

“我父亲杀死奥克尼王后的父亲的事实，”国王说，“所以她要丈夫起兵反抗我是情理之中的事。”

“这是你们的私人恩怨，怎么可以当作开战的借口呢？这未免也太儿戏了吧？”

“还有，”国王接着说，“盖尔人曾经被我的族人赶走，所以奥克尼王后的臣民想报复我也是合情合理的。”

梅林用拽着缰绳的手挠了挠胡子中间的下巴，陷入了沉思。

他沉默了好一会儿，说：“你的父亲尤瑟和在他之前把原住民赶走的撒克逊人一样，都是可恶的侵略者。如果我们继续往前看，这件事将永远不会结束。事实上，‘原住民’也是侵略者，用铜斧的人就是被他们赶走的。用铜斧的人同样如此，被他们赶走的是以贝壳为生的爱斯基摩人。如果再继续往回推算，该隐和亚伯也会受到指责。重要的是，撒克逊征服成功了，诺曼人也征服了撒克逊人。你的父亲到底有什么暴行，这一点我们暂且不论，但不管怎么说，他安顿了撒克逊人。这么多年过去了，人不是应该安于现状吗？还有

一点也很重要，诺曼征服是一个统一的过程，现在的盖尔联邦的叛乱却是在分裂。如果他们的计划成功了，我们这个被称为‘联合王国’的国家没准儿就会变成一盘散沙。我说他们叛乱的理由不正当，就是这个原因。”

他抓了抓下巴，心中的怒火又开始熊熊燃烧。

“我最讨厌的就是这些民族主义者。”他大声喊道，“人类的命运是团结，而不是分裂。如果任由分裂继续发展，最后就会变成一群随意地占树为王的猴子，互相扔坚果。”

“没错，被激怒的人不计其数。难道说，我不应该还手？”国王说。

“你想投降吗？”凯伊觉得有些惊讶，但不是惊慌。

“我愿意退位。”

他们不约而同地看着梅林，他却始终不肯和他们对视。他骑着马一直往前走，呆呆地看着前方，嚼着胡子。

“我应该投降吗？”

“听着，你是国王。”老人固执地回答道，“你想干什么就干什么，谁都管不了。”

过了好一会儿，他才渐渐地平静下来，语气缓和了许多。

“你们知道吗，”他轻声说，“我其实也是原住民？所有的人都说我的父亲是个大坏蛋，但是我的母亲是盖尔族人，所以我的身体里流淌着原住民的血液。现在，我却在谴责其民族主义，我想，他们的政客一定会把我当作可耻的叛徒。为了让自己的行为变得合理，他们不得不随便给别人乱扣‘帽子’，这是他们一贯的伎俩。哦，对了，亚瑟，你知道吗？人的一生会经历各种各样的痛苦，原本就痛苦不堪，何必要在领土主权、战争和贵族恩怨这些无关紧要的事情上浪费时间呢？”

第四章

干草已经收拾妥当了，一个星期后，谷物也要开始收割了。他们坐在麦田边缘的树荫下，只见，皮肤被晒成深褐色的人露出了白花花的牙齿，在火辣辣的阳光下漫不经心地忙碌着：他们重新挂上大镰刀，把小镰刀磨得又亮又锋利，为一年的农忙尾声精心地准备着。农地就在城堡附近，田里静悄悄的，根本不用担心暗箭飞来。他们一边欣赏着农夫忙碌的场景，一边用手指剥开半熟的麦穗，挑剔地咬着谷粒，品尝小麦软软的乳状口感，还有干瘪的带壳燕麦。那时候，格美利还没有大麦，所以那里的人对那种珍珠般的味道一无所知。

梅林还在不厌其烦地解释着。

“我年轻的时候，人们一致认为参战是不对的。那时候，很多人都明确表态，无论在什么情况下，都绝不会参与战事。”他说。

“也许他们是对的。”

“不，如果对方挑起战端，那么参战的理由就很充分了。战争本身是一件邪恶的事，或许算得上是这个邪恶的种族所

做出的最邪恶的事情，所以必须严厉禁止。一旦确定是对方先开战的，那么你就有责任阻止他。”

“但问题是，战争的双方会不约而同地把责任推到对方身上。”

“确实如此。这说明双方都认为挑起战端是最邪恶的事情，这其实不是什么坏事。”

“你为什么会这样说？”亚瑟争论道，“如果有一方让另一方断粮，但用的是经济手段之类的和平手段，而没有动用武力，那么挨饿的一方肯定要想尽办法活下去吧，您明白我的意思吗？”

“我明白。”魔法师说，“但我遗憾地告诉你，你错了。在这个世界上，不管你的国家对我的国家犯下了多么严重的罪行，当然除了开战之外，以任何理由开战都是不对的。如果我国没有想办法化解纠纷，而是先开战，那就是我们的错。举个简单的例子，就算杀人犯是因为被害人是有钱人或者欺负过自己就杀死了他，也不能免罪，国家同样如此。记住，武力永远不会是解决纷争最好的办法。”

“那么，如果奥克尼的洛特王带兵入侵我国的北部边境，我们的国王除了学他们的样子，派兵和他们正面交锋，还有更好的办法吗？还有，如果洛特的手下拔出了剑，我们除了拔剑之外，还能怎么样呢？局势可能比这复杂几倍，甚至几十倍、几百倍。我认为，给侵略者的行为定性相当困难。”

梅林的怒火开始熊熊燃烧。

“那只能说明你就是这样想的。”他说，“如果洛特以武力威胁我们，那么他就是侵略者，这一点毋庸置疑。如果你以一颗公正的心去对待，判别谁才是恶徒并不是什么难事。

如果实在没有其他的判别依据，找出先出手的人就行了。”

凯伊仍然坚持自己的观点。

“让我们把两支军队换成两个人吧，”凯伊说，“他们面对面战争，各自拔出剑，假装是因为其他事情才拔剑的。然后他们不断移动，想找出对方的弱点，甚至发起进攻，但并没有伤到对手分毫。您会不会认为，那个先击中对方的人是侵略者？”

“没错，如果找不到其他的判断依据。但是在你之前的例子里，明显是先带兵到邻国边境的人错了。”

“谁先击中对方，就是有错的一方，这个判断标准没有任何意义。如果他们同时击中对方，又怎么样呢？或者在场的人数比较多，不知道是谁先出手呢？”

“但是不管怎么样，判别依据总是有的。”老人喊道，“以这次盖尔叛乱为例，我们的国王为什么会出兵呢？作为天下的封建共主，他却发兵攻打别人，这根本说不通。怎么会有人攻打自己的领土呢？用你的常识好好想想吧。”

“这场仗的起因不在我身上，我一直是这样认为的。”亚瑟说，“说真的，我开战之前，我压根儿不知道会发生这种事。我觉得，这大概是因为我从小在乡下长大。”

“无论是谁，只要他有推理能力、脑筋清楚，”导师没搭理他，自顾自地接着说，“就可以在一百场战争里分辨出其中九十场的发起者是谁。首先，他可以看出开战更有利于哪一方，这个证据就非常值得怀疑。其次，他可以看出，先用武力恐吓或备战的是哪边。最后，谁先发起进攻也可以作为判定依据。”

“但是，”凯伊说，“如果发起威胁的和先攻击的不是同一边呢？”

“嘿，你应该把你的脑袋放进水桶里降降温。我说的是，不是所有的战争都能分辨谁对谁错，从一开始我的观点就很明确：在绝大多数战争中，侵略的一方往往显而易见，但在这些战争中，正人君子有责任去对抗坏人。你必须用最公正的态度去做出判断，如果这样做还是不能确定谁是坏人，那还不如去当个和平主义者呢！我清楚地记得，在很多年前，布尔战争[①]期间，我一直狂热地坚持着和平主义，所以认为我的祖国就是侵略者。梅富根城解围那天晚上，还有个年轻女人对我吹口哨。”

“梅富根城解围当晚还发生了什么？”凯伊说，“你们老是讨论对错，我都快烦死了。”

“那天晚上……”魔法师打开了话匣子，刚要开口，却被国王打断了。

“我想听洛特的事。”他说，“我想多了解他，以后我们对战的时候肯定有用。我觉得对错之分挺有趣的。”

“洛特王……”梅林用同样的语气重新张口，却又被凯伊打断了。

“不行，”凯伊迫不及待地说，“我觉得王后的故事更有意思。”

“摩高丝王后……”

这时，亚瑟第一次行使了自己的否决权。看见国王皱起了眉头，梅林乖乖地又讲起了奥克尼国王的事。

---

① 布尔战争（Boer War）：1899年，为了独占南非的资源，英国不惜向荷兰的后裔布尔人宣战。一开始，英军节节败退，但是后来，贝登堡上校坚守梅富根城足足127天，为扭转战局做出了巨大的贡献。

“洛特只是你的手下的一个贵族而已，而且是个拥有土地的皇族。他微不足道，你不用担心。”

“为什么？”

“首先，他就是我们年轻时叫的‘优势贵族’。他的妻子和臣民都是盖尔人，他本人却是从挪威来的，是个外来者。和你一样，他也是高卢人，是征服英伦诸岛的统治阶级。换句话说，在对这场战争的看法上，他和你的父亲完全一致。无论是盖尔人还是高卢人，对他来说都无所谓，他觉得打仗和我维多利亚时期的朋友去猎狐狸，或是靠赎金赚钱没什么区别。而且他还是被他太太强迫的。”

“有时候，”国王说，“我甚至希望您和那些人不一样，不是倒着活的。一会儿维多利亚，一会儿梅富根城之围……”

梅林气得肺都快炸了。

“用诺曼人的战争和维多利亚猎狐运动作比较，确实很恰当。暂且不论你父亲和洛特王，仅仅由文学的角度来看：诺曼神话里的传说人物，比方说安茹王朝的历代国王。从征服者威廉到亨利三世，一年四季都深陷战争的泥潭之中。战争的季节一到，他们就会穿上华丽的盔甲集合在一起。有了盔甲的保护，受伤的风险几乎为零，和猎狐没太大的区别。以布兰纳维尔那场决定性的战争为例，参战的骑士总共有九百名，牺牲的却只有三人。看看亨利二世，他向斯蒂芬借钱支付自己的部队，让他们去打败斯蒂芬。还有所谓的打猎礼节，根据这个礼节，原本包围别人城堡的亨利，一看见路易加入了防守的阵营，就吓得赶紧撤兵，因为路易是他的封建主子。还有圣米歇尔山的围城战，获胜的原因是守军缺水，

因此一直被称为‘没有运动家风度的战役’。再就是曼兹伯里之战，因为天气不好而取消了。亚瑟，这些都是你继承的遗产。这个国家的煽动者为了种族仇恨而视对方为眼中钉，贵族则把打仗当作游戏。无论是种族狂热分子还是领主，从来没有一个人真正为普通士兵考虑过——说到底，他们才是真正会洒热血、掉脑袋的人。这就是你统领的国家。尊敬的陛下，如果您无法让这个世界运转得更好，就可能会遭遇许许多多毫无意义的战争，而战争的起因除了报复之外，就只有打猎玩乐了，遭殃的永远只可能是穷人。我之所以让你好好想想，就是这个原因。”

“我想，”凯伊说，“迪纳丹在向我们招手，准备吃晚餐吧！”

第五章

从外观上看，茉兰大娘在外岛上的房子和大型的狗舍差不多大，但是屋里非常舒服，还有很多非常有意思的东西。门上钉了两个马蹄铁；五座从朝圣者手里买来的雕像，上面缠着一些老旧的串珠——如果你经常祷告，一定会把念珠磨坏。屋顶摆着几捆亚麻，几件僧侣长衣裹着拨火棍。二十瓶私酿威士忌，现在只剩下一瓶了；一蒲式耳[①]干枯棕榈叶，是圣棕树节[②]留下的产物，已经有七十年的历史了；母牛生产时用来绑尾巴的羊毛线随处可见。此外，还有一把老太太打算用来对付小偷的大镰刀，但目前还没有笨蛋自投罗网。烟囱里还挂了一些横梯，是用白杨木做的，这是她丈夫在世的时候准备用来当链枷的，鳗鱼皮和马皮革吊在上面。他的家在一个像蜂巢一样的小屋里，在更偏远的外岛上，瞧，他

---

① 蒲式耳（bushel）：液体及谷物的容量单位，一蒲式耳约等于36升。

② 圣棕榈树（PalmSunday）：也叫圣枝主日和棕枝主日，是基督教节日，为复活节前的星期天。

正拿着一杯生命之水[①]。作为一位信仰伯拉纠派[②]异端的堕落圣人，他坚信灵魂可以自己获得救赎。此刻，他正在用生命之水拯救自己和茉兰大娘的灵魂。

“茉兰大娘,愿上帝和玛利亚保佑您一生平安。”加文说，“亲爱的夫人，我们是来听您讲故事的，和神灵有关的故事。”

“愿上帝、玛利亚和圣安德鲁保佑你们！”老太太大声地说，“神父就在这儿，你们为什么要听我讲故事呢？”

“圣托狄巴，晚安，天色太暗了，请原谅我们没看到您。”

“上帝保佑你们。”

“您也是。”

“杀人的故事？”阿格凡说，“杀人，乌鸦还要把死人的眼睛啄掉吗？”

“不，不，”加瑞斯说，“还是讲讲神秘女孩和偷走巨人魔法坐骑的男人的故事吧！”

“赞美上帝，”圣托狄巴说，“真搞不懂，你们为什么想听这么奇怪的故事？”

“圣托狄巴，求你了，讲一个吧。”

“那就来说说爱尔兰吧。”

“说说想要公牛的梅芙女王[③]吧。”

“什么，让伟大的圣人跳捷格舞，怎么可能呢？求你们

① 生命之水（water-of-life）：即威士忌。

② 伯拉纠派（Pelagianism）：其倡导者为公元4世纪的英国修道士伯拉纠。他否认原罪，宣称人之所以得救，靠的不是神的恩典，而是其自由意志，因此被罗马教廷视为异端。

③ 这是一个著名的爱尔兰神话。一天晚上，梅芙女王和丈夫相互比较谁最富有，却始终没有决出胜负。她的丈夫有一头白色的公牛，女王的任何东西都比不上它。后来，她听说某人有一头牛很好看，就吩咐下人去把那头牛带回来。

饶了我吧！”

屋里只有两张凳子，这四个来自上流社会的男孩盘着腿坐在地上，一言不发地看着圣人，耐心地等着故事的开始。

“道德故事怎么样？”

“不要，还是讲打打杀杀的故事吧！圣托狄巴，要不就讲讲您打破主教的脑袋的事吧！”

圣人喝了一大口白威士忌，使劲儿地朝火炉啐了一口。

“在很久很久以前，有一个国王，”他开口说。听众挪了挪屁股，坐定下来。

“在很久很久以前，有一个国王。”圣托狄巴说，“听我说，这位国王叫康纳·麦克尼沙[①]。他长得高大魁梧，简直像鲸鱼一样，和族人们一起住在一个叫塔拉[②]的地方。没多久，这位国王率兵去和凶残的欧哈拉家族打仗的时候，不幸被一颗魔法子弹打中了。你们或许不知道，古代的英雄们喜欢把对手的脑子做成子弹。他们用手搓成一小块儿，再放在太阳下晒干，最后用火枪发射，和弹丸或箭矢一样，哈哈，这只是我想的。它会从这位老国王的太阳穴穿过去，卡在脑袋里的骨头或其他致命的部位里。‘我什么事都没有。’国王说，他召集了几位法官，让他们想办法把子弹取出来。第一位法官说：‘康纳国王，子弹进入了您的脑叶，您已经算得上是死人了。’其他几位医生也是这样认为的，把国王的身份和医德忘记得一干二净。‘天哪，我到底该怎么办？’爱尔兰国王嚷嚷道，‘就这么一场小仗，我的小命就没了，怎么会

① 康纳·麦克尼沙（Conor MacNessa）：爱尔兰古代厄斯特地区的国王，是当地非常重要的人物。

② 塔拉（Tara of the Kings）：位于现在的爱尔兰米斯郡，在古代时，是国王、教士、贵族和吟游诗人聚集的地方，目的是商讨国事。

这么倒霉啊！’医生听了就说：‘少啰唆，从现在开始，避免一切不正常的兴奋行为，这恐怕是唯一的办法了。’‘进一步来说，’其他人说，‘说得再具体点就是，’其他人说，‘即便是正常的兴奋行为，也要能少就少，否则你会因为血管爆裂而发生大出血，继而转变为发炎，甚至可能会破坏体内重要的机能运转。康纳国王，这是最后的办法了，如果等到您躺着被虫咬的时候，后悔也没用了。’现在，你们应该可以想象当时的情形了吧？倒霉的康纳只能躲在城堡里，既不能笑，也不能打仗，喝水的时候不能掺酒，甚至连白皮肤的漂亮姑娘也不能看一眼，否则脑袋随时都可能爆开。子弹卡在他的头上，还有一半露在外面。也就是说，他一辈子都没办法摆脱这颗子弹。”

“这些医生都是些什么东西？”茉兰大娘说，“哼，这些蠢货。”

“后来怎么样了？”加文问道，“他一直住在暗室里吗？”

“后来发生了什么，请听我慢慢说。在雷雨交加的一天，城墙剧烈地摇晃，就像大帐幕一样，大片的城墙外壁倒在他们身上。那里的人们已经很久没有见过这么猛烈的暴风雨了。康纳国王冲进暴雨寻找建议，看见一位法官站在那儿，于是问他是怎么回事。这位学识渊博的法官告诉康纳国王，这场暴风雨是因为救世主被吊死在犹太区的一棵树上才降临的。他还向康纳国王转达了上帝的福音。接下来的事，你们可以猜一下。为了保卫他的救世主，爱尔兰的康纳国王居然跑回皇宫，怒气冲冲地举着宝剑冲进了暴风雨里，就这么一命呜呼了。”

“死了？”

“没错。”

“哇！”

“这样也挺好的。”加瑞斯说，“虽然对他没什么好处，但至少死得很壮烈。”

阿格凡说：“如果医生要我小心，那我绝对会控制自己的情绪。我一定会想清楚的。”

“但这样是不是很有骑士的风度？”

加文忐忑不安地搓着脚趾。

“蠢货。”最后，他说，“这样做没有任何意义。”

“他想做点有意义的事。”

“反正不是为了他的家人。”加文说，“真是不明白，他有什么好兴奋的。”

“不，就是为了他的家人。准确地说，他是为了上帝，还有他所有的家人。康纳国王为了正义而战，最终付出了自己宝贵的生命。”

阿格凡懒洋洋地躺在松软的锈色炭灰上，不耐烦地扭着屁股，打心眼儿里觉得加瑞斯就是个绝世大傻蛋。

于是，他换了一个话题：“讲讲猪的由来吧。”

“或者伟大的科南的故事，”加文说，“就是那个被施了魔咒，黏在椅子上的人。没有人知道发生了什么，他被牢牢地黏在椅子上，任何人都扯不下来。他们费了九牛二虎之力才把他拉了下来，并且找了一块皮来帮他补屁股，谁知道，找来的却是羊皮。他身上的那块羊皮不断地长出羊毛，费安纳和族人的羊毛袜就是从他身上长出来的。”

“行了，别说了。”加瑞斯说，“哥哥们，能不能别讲故事了？咱们就不能老老实实地坐在这儿，聊点有深度的问题

吗？咱们来聊聊在外面打仗的父亲，怎么样？”

圣托狄巴又灌了一大口威士忌，吐进了火堆里。

“打仗的感觉真不赖。”他沉浸在对战争的回忆里，慢慢吞吞地说，“在封圣之前，我也经常外出远征，但是逐渐厌倦了这样的生活。”

加文说：“为什么？如果是我，就算打一辈子的仗，我也不会觉得厌烦。不管怎么样，这是绅士应该做的事，我指的是打猎、放鹰等。”

“但那只是在参加的人不多的情况下，”托狄巴说，“如果很多人扭打成一团，你压根儿就弄不清楚自己出战的原因。在古时候的爱尔兰，精彩的战争并不少见，虽然开战的理由不过是一头牛之类的小事，但每个人都投入了自己所有的热情。”

“打仗没意思，你为什么会这样想呢？”

“很简单，因为总是必须杀一大堆人。你想想，谁会为了那些莫名其妙的理由，甚至没有理由就杀人呢？所以后来我改成和人单打独斗。”

“那一定是很多年前的事了。”

“没错！”圣人惋惜地说，“我刚才提到的那些子弹、单打独斗什么的，真的要动动脑筋。”

“我和圣托狄巴的看法一样。”加瑞斯说，“说老实话，就那些什么都不懂的可怜步兵，杀得再多又有什么用呢？骑士就要跟骑士打，让那些真正想和别人决一死战的人来打才对。”

“但如果是这样，这世界上根本就没有仗可打了。”加赫里斯喊道。

“说什么傻话呢？”加文说，“打仗没有人怎么行呢？而且，人越多越好。”

“不然的话，你去杀谁呢？”阿格凡解释道。

圣人又倒了一大杯威士忌，欢快地哼唱了“威士忌，亲爱的祝你好运”几遍，然后看了茉兰大娘一眼。他脑子里萌生了一个荒诞的念头，可能是因为酒喝多了，也可能是由他神职人员的身份决定的，比如剃头的形状、复活节日期的认定，当然还包括他伯拉纠派的信仰——但令人意想不到的是，最新的这个想法让他觉得孩子们应该赶紧离开这儿。

“打仗？”他嫌恶地说，“你们这些小家伙知道什么？那你们说说吧。也不想想你们自己的模样，比小母鸡大不了多少。快走吧你们，小心我给你们颜色瞧瞧。”

盖尔人都知道，招惹圣人是不明智的，孩子们吓得赶紧站了起来。

“哎哟，”他们说，“圣人先生，我们不是有意要冒犯你，请相信我们！我们只是想和您交流一下。”

“交流？”他一边嚷嚷，一边伸手去拿火钳，吓得他们撒腿就跑出了矮门，消失在夕阳下的沙地街道上。圣人眼看着他们跑得越来越远，嘴里一直不停地咒骂着。

街上有两头老驴子，正在寻找从石墙的裂缝里长出来的杂草。它们的脚被绑在一起，所以走得非常慢；它们的蹄子长得怪模怪样的，有点像羊角，也和卷曲的冰刀有点像。男孩们从看见驴子的第一眼开始，就有了一个想法，便把驴子占为己有。什么故事，什么战争，他们统统忘记了，只是牵着两头驴子，慢慢地走向沙丘那边的小港。如果那些乘小船出航的人带回了鱼货，正好可以用驴子驼。

加文和加瑞斯轮流轮换着骑那头胖驴子，一个骑在背上的时候，另一个就打驴的屁股。老驴偶尔会蹦跳几下，却死都不肯加快步伐。阿格凡和加赫里斯一块儿骑瘦的那头，阿格凡倒着骑，正好面对驴子的后半身。他拿着一根很粗的海草根，拼命地抽打驴屁股，为了让它更痛，所以专门打它的肛门。

他们来到海边，形成了一幅奇怪的景象。四个骨瘦如柴的男孩，尖鼻子滴着鼻水，皮包骨头的手腕露在外面。驴子跳啊跳，绕着小圈子，后脚被海草鞭打的时候就蹦跳一下。他们的行动受到了限制，每个人都只有一个动向，所以看起来特别奇怪。他们仿佛自成一个太阳系，太空中除了他们之外，什么东西都没有，只有他们绕着沙丘和河口不停地转圈。大概连这几颗行星，也不知道自己到底在做什么。

男孩满脑子里想的都是欺负驴子，他们并不知道这么做是一件非常残忍的事。同样，驴子也不知道这件事。在这个世界的边缘，他们已经对残忍见惯不怪，所以做这样的事时一点儿也没有觉得奇怪。于是，这个马戏团顺理成章地融为一体，驴子不想移动，男孩则想尽办法让它们动，而连接它们的就是无条件同意的痛苦。这种痛苦实在太强烈了，甚至已经不重要了，就像被抹消了一样。从表面上看起来，动物并没有受苦，孩子们也没有把动物受苦当作乐趣。在他们之前，唯一的差别就是男孩们像个陀螺一样不停地旋转，驴子却总是一动不动地站在那儿。

当他们还沉浸在这幅伊甸园般的景象里，在莱兰大娘小屋内的事从他们的脑海里消失之前，一艘魔法船从对岸驶来。这艘船上悬挂着白色的锦缎，充满了神秘感；龙骨穿越翻滚的浪潮弹奏出了动听的旋律。坐在船上的除了三位骑士之外，还有一条晕船的猎犬，这恐怕是和盖尔世界的传统最不搭调的事物了。

离岸边还很远的时候，船上的一位骑士说："看看，那儿是不是有一座城堡？我说，可真美啊！"

"够了，老兄，别再摇船了，"第二个人开口了，"再摇的话，咱们都要掉进海里。"

被他们埋怨一番后，派林诺国王顿时觉得兴致全无。让孩子们觉得更惊讶的是，他居然哭了起来。就连他啜泣的声音，他们也听得一清二楚，与浪花拍打的声音和船本身的乐声融为一体，随着船慢慢地靠近。

"啊，海洋！"他说，"上帝保佑我投入你的怀抱。什么？保佑我入水五㖊[1]！哦，哦，哦，哦！"

"老兄，省省吧，哇哇叫有什么用啊？她可是一艘魔法船，时间到了，自然会哇哇叫。"

"我没有哇哇叫，"国王反驳道，"我说的是'哦'。"

"她根本就不会哇。"

"关我什么事？竖起你的耳朵挺清楚，我说的是'哦'。"

"那么，哇！"

正好在这时候，随着"哇"的一声，魔法渡船在平时停靠的地方停了下来。走出来的是三名骑士，其中那位黑皮肤的人叫帕洛米德，他是一位学识渊博的异教撒克逊人。

"上帝保佑，我们终于安全登陆了。"帕洛米德爵士说。

人群不知不觉地围了过来。走到三位骑士附近时，他们就放慢了脚步，稍远一点儿的人则是跑过来的。人们不是从

① 这个典故来自莎士比亚的戏剧《暴风雨》中Ariel所唱的歌。

海滨沙丘那边急匆匆地跑过来，就是从城堡所在的悬崖上下来，走到附近才放慢脚步，最终在距离骑士二十码的地方停了下来。岛民围成一圈，仔细地打量着三个陌生人，就像在乌菲齐美术馆[①]里欣赏名画。他们翻来覆去地看，一点儿也不着急看下一幅，因为压根儿就没有下一幅；从他们出生的那一天开始，他们看见的就只是熟悉的洛锡安景色。岛民的眼神中虽然没有敌意，却也没有流露出一丝一毫的温情和善意。画作之所以存在，目的就是供人欣赏。人们仔细地打量着这些穿着奇装异服和全套盔甲的陌生人，把足甲的质地、制造方法、接合和价钱全都弄得一清二楚，然后慢慢地往上移，先是胫甲和腿甲，然后是脸庞——这个过程大约需要半个小时。

盖尔人目瞪口呆地包围着高卢人。村里的孩童在远处大声地叫嚷着，四处传播这个令人激动的消息，茉兰大娘赶了过来。瞧，她撩着裙子慢慢地跑了过来，为了尽快赶回来，出海船只拼命地划着桨，像发疯了一样。洛锡安的四位年轻的王子从驴子上下来，慌了神地加入了拥挤的人潮，和圆圈差不多。圆圈慢慢地缩小，仿佛时钟上的分钟。四周静悄悄的，只有那些闻讯赶来的人才弄出了一些声响，但只要加入这个圆圈，他们就会立马安静下来。所有的岛民都想亲手摸摸这些骑士，所以圆圈在不断地缩写，但他们不知道的是，他们的愿望起码要等到半小时，所有的检视工作结束才能实现——当然，半个小时并不是一个确切的数字，也可能永无止境，但不管怎么样，他们总是想试试看。他们之所以这样

① 乌菲齐美术馆：位于意大利佛罗伦萨，收藏了大量的文艺复兴时期的绘画作品，并因此而世界闻名。

做，主要有两个原因，一是确定他们确实存在，另一个则是估量他们这一身装束到底值多少钱。与此同时，发生了三件事：第一，茉兰大娘和其他老太太一起念起了玫瑰经；第二，姑娘们嬉笑着、打闹着；第三，男人们听见祷告时，纷纷摘下帽子以表敬意，现在却说着盖尔语“瞧那黑人，上帝啊，请你保佑我们”或者“他们睡觉时脱衣服吗？怎样才能把这一身铁锅和铁罐摘下来呢。”除此之外，在所有人的心里，无论是男是女，无论年老还是年幼，无论家境如何，都慢慢地产生了一种巨大的、难以估量的、仿佛伸手就可以摸到的恶意，而这就是盖尔民族的特征。

岛民心想，这三个人就是传说中的撒克逊骑士——他们的依据是盔甲的式样。他们的国王第二次率兵叛乱，对手就是这些骑士的主子亚瑟王。他们为什么会来到这里，是有什么阴谋诡计吗？狡猾的撒克逊人是不想想偷袭洛特王的后方？还是他们作为封建共主的代表，打算对下一次的兵役免税额进行评估？他们会是第五纵队[①]的队员吗？说不定事实复杂得多，因为撒克逊人再傻，也不会明目张胆地穿着自己的服饰现身。或者说，他们根本就不是亚瑟王的代表。又或者说，他们是故意打扮成这样的。那么，他们到底有什么不可告人的目的？不用想也知道，他们来者不善。

岛民围成的圈子不断靠拢。他们更加惊讶了，歪曲的身体弓得像虾米一样，摆出粗布袋和稻草人的形状：一双双敏锐的小眼睛闪烁着令人不可捉摸的光芒，朝四面八方闪动；脸上流露出顽固不化的愚蠢表情，看起来比原本的面容更加

① 第五纵队：西班牙内战期间，佛朗哥将军以四个纵队包围马德里，并声称第五纵队已经在城中展开行动，后逐渐延伸为间谍、奸细的意思。

空洞。

骑士们紧紧地依偎着彼此，寻求他人的保护。然而，他们并不知道英格兰正在与奥克尼开火。他们正在冒险的途中，对最新的消息一无所知，奥克尼岛民当然不会告诉他们。

“瞧瞧，”派林诺国王说，“这里为什么会有这么多人？是不是发生了什么？”

第六章

为了给第二次战役做准备，卡利昂[①]城里简直乱成了一锅粥。事实上，梅林早已有了打败敌人的好办法，只是因为关系到伏击和外国的秘密援军，不能走漏风声而已。洛特的军队不断进逼，兵力远远地超过国王的军队，无奈之际，他们只好想一些阴谋诡计。在这个世界上，只有四个人知道这场仗究竟会怎样打。

老百姓虽然并不知道高层的政策，却照样忙得四脚朝天。镇上的磨石不分昼夜地旋转着，那是步兵们在磨着自己的长矛。为了给箭安上箭羽，制箭师傅的屋子里总是灯火通明。牧草地上，为了拔羽毛制箭，可怜的鹅群被兴奋的自由民们追得像疯了一样到处跑。皇家孔雀的羽毛之所以被拔得一分不剩，简直和破扫把一模一样，只是为了拔羽毛制箭。箭术优秀的人往往喜欢这种乔叟口中的“孔雀羽箭”，只是因为觉得很高级。此外，空气中始终弥漫着煮沸糨糊的气味。盔甲师傅不断地延长时间，铁锤叮当作响的声音此起彼伏，为的就是替骑士打造行头。铁匠替战马装上蹄铁；为了给士兵

① 卡利昂（Carlion）：亚瑟王早期统治的居城。

缝织围巾和绑带，修女手中的针线飞快地跳动着。洛特王已经提出，将决战的地点定在毕德格连[①]。

英格兰国王好不容易才爬上两百零八级阶梯，来到梅林的高塔房间，敲门进去。魔法师正在绞尽脑汁地找出负一的平方根，却死活想不起来该怎么算。阿基米德靠在椅背上。

“梅林，我有话和你说。”国王喘着气说。

梅林用力把书合上，跳起来，抓着铁梨木手杖朝亚瑟王冲了过去，完全把他当成了迷路的鸡。

“滚开！”他大喊道，“你来这儿干什么？你这是什么意思？你不是英格兰国王吗？快走开，然后传我过去！滚开！滚远点儿！我长这么大，还没听说过这样的事呢！听着，我要你马上出去，然后再派人来叫我。”

“但是我已经来了。”

“不可能。”老人机智地反驳道，然后就把国王推出了房间，当着他的面，用力地关上了门。

“简直莫名其妙！”亚瑟王可怜巴巴地走下那两百零八级楼梯。

梅林是在一个小时后收到国王的召见信息的，之后他来到了国王的居室。

“这还差不多。”说完，他满意地坐在一个铺着毛毯的箱子上。

“站起来。”话音刚落，亚瑟王拍了拍手掌，要侍从把座位挪走了。

梅林怒气冲冲地站起来，浑身不停地颤抖，紧紧地握着拳头，连指关节都变成了白色。

① 毕德格连（Bedegraine）：亚瑟王打败叛乱诸王的地方。

“还记得上次我们提到的骑士精神吗……”国王高兴地说。

“抱歉，不记得。”

“什么？”

“我长这么大，还没有受过这样的屈辱呢！”

“但我是国王，”亚瑟说，“你怎么能在国王面前坐着呢？”

“简直一派胡言！”

亚瑟笑得前俯后仰，他的结拜兄弟凯伊爵士和年迈的监护人艾克特爵士一直藏在王座后面，现在却跑了过来。凯伊把梅林的帽子摘下来，给艾克特爵士戴上。爵士说：“谢天谢地，我终于成魔法师了！”人们笑了，就连梅林也忍不住哈哈大笑起来。侍从搬来椅子让大家坐下，又开了几瓶酒，以免开会时有人口渴，

“嘿，这场会议是我召开的。”亚瑟得意扬扬地说。

说完，他停了一会儿，努力让自己镇静下来，因为这是他人生中的第一次演说。

“嗯，我的主题，就是关于骑士精神的。”国王说。

梅林目不转睛地盯着国王，手指颤巍巍地在长袍上的星星和各式神秘符号之间移动着，但他绝不会给演讲者帮任何忙。你可以认为，这是他事业的至关重要的时刻——他倒着活了那么多个世纪，为的不就是这一刻吗？这下，他终于能确定自己到底有没有白活了。

“我一直在思考武力和正义的问题。”亚瑟说，“在我看来，做任何事情，最重要的并不是你有没有能力这样做，而是有没有必要这样做。用一枚铜板来打个比方吧，不管你用多大的力气敲打它，它都是，并且只能是一枚铜板，这是一

个永远无法改变的事实。我说得够清楚了吧？”

没有一个人说话。

“好，那天我和梅林在城垛上谈话时，他提到我们在刚刚结束的那场战役中损失了七百名步兵，这似乎没有我想象的那么有趣。事实上，所有的战争，只有我们仔细想想，怎么可能有趣呢？我想说的是，无论什么时候，人都不应该自相残杀。不是有那么一句话吗？好死不如赖活着，人死了，就什么都没了。”

“说得好极了。但可笑的是，梅林居然帮我们打了胜仗。一直到现在，情况仍然如此。我希望，在毕德格连的战争中，我们也能打赢。”

“当然了。”艾克特爵士说。他看起来信心十足。

“我觉得，这有点自相矛盾。如果战争是坏事，梅林怎么可能帮助我获胜呢？”

还是没有人说话，于是国王继续激情澎湃地说：

“我只想知道，”他红着脸说，“我只想知道，我……我们……他想让我们打赢这场仗，肯定另有所图。”

他停了下来，用期待的眼神看着梅林，但梅林故意把头转了过去。

“这个意图——是意图没错吧？这个意图就是，如果我打赢这两场仗，成为王国的主人，就可以名正言顺地阻止他们，并且对武力霸权进行改革。我猜对了吗？就是这个答案吧？”

魔法师还是一言不发，甚至连头都没有回，双手静静地放在膝上。

“我猜对了！”亚瑟激动地大声欢呼。

他越说越激动，差点跟不上自己。

“你们都听懂了吧？”他说，“武力并不代表着正义，但在这世界上，仗着武力为非作歹的人实在是太多了，我们必须想想办法。人心一半是好的，一半是坏的，没准儿坏的成分占一多半，其中的道理是一样的。如果没有人管，他们就会胡作非为。正是因为如此，才会出现那些整天全副武装、到处惹是生非的贵族，比如布鲁斯·索恩斯·匹帖爵士，对他们来说，任性妄为就是乐趣。在我们诺曼人心里，上流社会可以置正义于不顾，独占所有的权利。如果是这样，人性坏的部分就会占上风，烧杀掳掠的事情就会随之而来。”

“但是，你们也看到了，梅林想帮助我打赢这两场仗，为的就是让我阻止这一切。他想让我去伸张正义。

“洛特、尤里安和安格西等人来自于旧的世界，他们组成了一个老式组织，总是想怎么做，就怎么做。现在，他们想用武力解决这件事，又主动挑衅，那就只好如他们所愿。这才意味着工作的正式开始，你们明白我的意思吗？毕德格连之战只是开始。战争结束‘之后’会发生什么，才是梅林想要我思考的问题。”

亚瑟再次停了下来，满怀期待地等待着其他人的意见或鼓励，但魔法师还是把脸转过去，除了坐在旁边的艾克特爵士之外，任何人都看不到他的眼神。

“我已经想好了，”亚瑟说，“我不明白，既然我们是为了正义而战，使用武力又何妨？当然，你们可能会觉得是天马行空，但不管怎么样，‘武力’都是真实存在的。武力存在于人心坏的部分，必须引起我们的重视。我们没有办法去除这个部分，却可以尝试着将其引向正途，让它变得有益而无害。你们听懂了吗？”

听到这里，他的听众终于有兴趣了，除了梅林之外，所有的人都向前倾着身子，想听得更仔细些。

“我提议，如果我们打赢了目前这场仗，而且国内的形势稳定，那么我就会成立一个弘扬骑士精神的组织。我不仅不会惩罚那些坏骑士，也不会吊死洛特，但我会想办法说服他们加入这个组织。最理想的结果是，让这件事变成至高无上的荣誉，甚至变成流行，让所有的人都抢着来。然后，我要替这个组织立下誓约，规定武力只能为正义行事。现在，你们明白了吧？全副武装的骑士们会挥舞着宝剑，云游四海，只有这样才能发泄他们对血腥屠杀的欲望，这其实就是梅林的猎狐精神。但有一点，他们动武的前提必须是为正义行事，保护少女远离布鲁斯爵士的骚扰，改正过去的错误，帮助那些遭受压迫的人民，等等。你们理解我的意思吧？就是利用武力，不要和它作对，把原本的坏事变成好事。好了，梅林，我只想到这些了。我发誓，尽管我可能又猜错了，但是我已经尽力了，再也想不出更好的办法了。您有什么想说的吗？”

魔法师站了起来，直挺挺地站在那儿，看起来像一根石柱一样。他伸出双臂，看着天花板，西面颂[①]的前几句瞬间响起。

① 西面颂（Nunc Dimittis）：来自《圣经·路加福音》。

第七章

洛锡安城的形势非常复杂。只要和派林诺国王扯上关系，再简单的事情都会变得复杂，在这个荒凉的北方同样如此。首先，他恋爱了——他之前在船上哭，就是这个原因。他一看见摩高丝王后，就告诉她自己并没有晕船，而是得了相思病。

事情是这样的：几个月前，国王正在格美利南岸边捕捉寻水兽，它却猛地跳进海里，从他的眼皮子底下逃走了。它的蛇头在水里忽上忽下，简直和一条游泳的草蛇一模一样。正好在这时，一艘大概是要去参加十字军圣战的船从国王面前经过，他便拦了下来，而格鲁莫爵士和帕洛里德爵士就在上面。这两个好心人便调转方向，和国王一起去追怪兽。他们三个在法兰德斯[①]靠岸，眼睁睁地看着寻水兽溜进了茂密的森林里。他们借宿在当地的城堡里，受到了人们的热烈欢迎。而且，派林诺喜欢上了法兰德斯女王的女儿。他的心上人是一个勤俭持家、勇敢的中年妇女，不仅会做饭、骑马走

① 法兰德斯（Planders）：今比利时西北两省和法国北部一小部分区域，面朝着北海。

直线，还是整理床褥的好手，所以这是一件好事。但没想到的是，人们的期望因为魔法渡船的出现而破碎了，因为不管到什么时候，骑士都无法拒绝冒险的机会。为了弄清楚到底是怎么回事，三位骑士上了船。谁知道，这艘渡船居然抛下了法兰德斯的女儿，自己开走了，任由她在岸边拼命地挥舞着手帕。在岛屿消失之前,藏在森林里的寻水兽露出了脑袋。从远处看，它的表情甚至比公主更加惊讶。于是，三位骑士一直航行，最终来到了外海诸岛。船开得越远，国王的相思病就变得越来越严重，搞得旁人都快要崩溃了。虽然无法投递，但他每天不是在写各种各样的情诗和情书，就是没完没了地对两个同伴说公主的事——“小猪”就是她在家族里的昵称。

如果是在英格兰，这或许不算什么，因为那里像派林诺一样的人并不少见，而且旁人也愿意容忍。但是对洛锡安和奥克尼的人来说，英格兰人就是暴君，所以这样的事情简直就是不可思议。在岛上,人们对派林诺国王的身份一无所知，也不知道他到底在打什么主意，所以不约而同地觉得，最好不要主动提起对抗亚瑟的战事，免得引起不必要的麻烦，一切等到揭穿那三位骑士的阴谋再说。

此外，四个男人还在为另一个问题烦心。摩高丝王后居然想勾引着这几个来历不明的访客。

“我们的母亲为什么要和那些骑士上山？”一天早上，在去往圣托狄巴的小屋的路上，加文问道。

他们沉默了好一会儿后，加赫里斯才说：“他们要去捕猎独角兽。”

“怎么猎？”

“必须要有一个女孩当诱饵。”

阿格凡也知道详细的情形，于是说:“我们的母亲也去猎独角兽，她就是去当他们的女孩。”

他说这件事的时候，声音听起来非常奇怪。

加瑞斯抗议道:“她什么时候说过她想要独角兽，我怎么不知道？”

阿格凡斜着眼睛看了看他，清了清嗓子，用大人的口吻说:“聪明人应该一眼就能看出来。”

“你为什么会知道这件事？”加为接着问。

“我听说的。”

有时，母亲不想让孩子们知道自己的秘密，所以会躲在螺旋梯上偷听。

加赫里斯是个沉默寡言的孩子，现在却难得地发表起了自己的看法:“她告诉格鲁莫爵士说，只要让国王重新对过去的事情感兴趣，就可以将相思病治好。他们经常提起，国王喜欢猎捕一只走丢的怪兽,因此母亲提议他们去猎独角兽，而她可以充当他们的女孩。我想，他们一定非常惊讶。”

他们静静地走着，沉默最终被加文的一番话打破了:“据说，国王的心上人是一名法兰德斯女子，而且格鲁莫爵士已经结婚了。还有，那个撒克逊人为什么是个黑人？”

谁都没有答话。

“在那次漫长的狩猎中，”加瑞斯说，“我听说他们一无所获。”

“骑士们和母亲玩得高兴吗？”

加赫里斯再次和其他人解释起来。他虽然不怎么说话，却懂得察言观色。

"我觉得他们压根儿什么都不懂。"

孩子们慢慢地继续往前走，谁都不肯说出自己的心里话，气氛显得有些沉重。

从外表上看，圣托狄巴的小屋简直就是一个老式的蜂巢形稻草屋，但是面积更大，而且是用石头砌成的。小屋一扇窗户都没有，除了一扇门，只能爬进去的。

"您好，圣人先生！"到了以后，他们一边踢着没用泥灰黏住的石头一边大声喊道，"亲爱的圣人先生，我们是来听您讲故事的。"

在他们看来，圣人能滋养他们的心灵。在他们心里，他和精神导师没什么两样，或多或少能让他们变得更加有教养，就像梅林对于亚瑟那样。被母亲抛弃时，孩子们就会去请求他的帮助，仿佛挨饿的小狗饥不择食。他还教会了他们读书和写字。

"原来是你们！"说着，圣人把脑袋伸到门外，"愿上帝的荣耀永远伴随你们左右。"

"你也是！"

"你们有什么好消息吗？"

"没有。"加文并不打算告诉他独角兽的事。

圣托狄巴失望地叹了一口气。

"我也是，没什么新鲜事。"他说。

"请您给我们讲个故事吧！"

"这个嘛，没什么好处。连我自己都不相信，为什么还要给你们讲故事呢？要知道，我不仅已经四十年没有打过像样的仗了，甚至连白皮肤的姑娘都没有见过，可想而知，我哪里还能给你们讲好故事呢？"

“那您就讲一个既没有姑娘，也没有打仗的故事，怎么样？”

“如果您能参加一场大战，说不定会好一点儿。”加文说，他没有提到姑娘。

“我真是太可怜了，”托狄巴嚷道，“真想不通，当圣人到底有什么用？如果我能用这根老棍子敲敲谁……”只见，他从长袍下掏出了一件可怕的武器，“……绝对比全爱尔兰的圣人还要厉害。”

“干脆说说这根棍子吧。”

在他们翻来覆去地观察这根棍子的时候，圣人先生开始讲解起了制造一根好武器的方法。他说，必须要用树根，因为普通的树枝不结实，稍不注意就会折断，尤其是苹果树；还有怎样给棍棒涂上猪油，包裹起来后扳直，然后埋进堆肥里；等到涂上黑铅和油脂后就大功告成了。他让孩子们看灌铅的地方，末端的钉子和握把处的刻痕诉说着过去辉煌的战绩。最后，他郑重其事地亲吻着手杖，深深地叹了一口气，把东西放回了长袍子底下。假装演戏的时候，他还故意弄出口音。

“那个从烟囱下来的黑手臂是怎么回事，能跟我们讲讲吗？”

“算了吧，我现在可没什么心情，”圣人说，“什么心情都没有，我简直中邪了。”

“我觉得我们也是，”加瑞斯说，“所有的事情都不对劲儿。”

“有一个故事是这样的，”托狄巴慢慢地说，“主人公是一个女人。她和丈夫只有一个女儿，她们一家三口住在马兰

威格。有一天，男人去沼泽地砍柴。到了晚餐时刻，女人让女儿给父亲送吃的。父亲正要吃晚饭，小女孩突然喊道：‘爸爸，快看，地平线下有一艘大船。我可以让它靠岸。’父亲说：‘连我这个大人都做不到，你简直是在开玩笑呢。’‘嗯，好吧，看我的。’小女孩说完，走到旁边的那口井，搅了搅水，没想到，船真的靠岸了。”

“她一定是个女巫。”加赫里斯毫不犹豫地说。

“她母亲才是女巫。”圣人解释道，然后继续说。

“‘我还能让那艘船和岩岸相撞呢！’她又说。‘不可能。’父亲说。‘那你瞧好了！’果然，小女孩一跳进井里，船马上就撞到岸边的礁石上了，撞得粉身碎骨。‘你是跟谁学的？’父亲问道。‘是妈妈，你在外面工作的时候，我就在家跟她学变把戏。’”

“她为什么要跳进井里？”阿格凡问道，“她是不是浑身都湿透了？”

“安静！”

“男人回家后，生气地对妻子说：‘你为什么要教女儿这些乱七八糟的东西？我不想让咱们家里有妖术，再也不想和你一起住了。’说完，他转身就走了，从此再也没有回过家。至于他们后来生活得怎样，我也不知道。”

“有个女巫母亲是不是很可怕？”圣人话音刚落，加瑞斯就开口说话了。

“有这样的妻子也是。”加文说。

“不管怎么样，有妻子总比没有妻子好吧？”说完，圣人“哧溜”一声钻进了蜂窝一样的小屋，就像瑞士天气钟里的人一样，晴天的时候就会缩进去。

男孩们一点儿也不觉得惊讶，他们围坐在门边，静静地等待着其他事情的发生，满脑子想的都是水井、女巫、独角兽和母亲的行为。

“我提议，”加瑞斯突然冒出了一句话，“各位英雄，咱们一起去猎独角兽，怎么样？”

人们只是看着他，谁都没有搭腔。

“总不能干等着吧？我们已经一个星期没见到母亲了。”

“她已经不记得我们了。”

“不可能！她可是我们的母亲，不许你这样说她！”

“难道不是这样吗？晚餐的时候，她都不让我们端菜。”

“那是因为她有责任招待那几位骑士。”

“不可能！”

“不然呢？”

“我不能告诉你。”

“她正好需要一只独角兽，”加瑞斯说，“如果我们能帮她抓一只，说不定她就会让我们帮忙端菜了。”

他们想了好一会儿，渐渐有了主意。

“圣托狄巴！”他们异口同声地喊道，“请出来一下！我们想抓独角兽。”

圣人把脑袋伸出洞外，用怀疑的眼光盯着他们。

“独角兽是什么东西？长什么模样？怎么才能抓到？”

他严肃地点了点头，再次在洞口消失得无影无踪。过了一会儿，他手脚并用地爬了归来，并且带回了一本学术书籍——这是他这辈子唯一的一部世俗作品。和大多数圣人一样，他养家糊口的方式是抄写手稿，并为其绘制插图。

“你需要一个闺女当诱饵。”他们说。

“咱们家的女佣[①]多得是！”加瑞斯满不在乎地说，“你想找谁都行。实在不行的话，你也可以找厨子。”

“她们怎么可能答应呢？”

“厨房的女侍怎么样？可以想尽一切办法要她来。”

“接下来的事情就交给我们了。如果我们把独角兽放在母亲面前，那么我们每天晚餐都可以端菜了！”

“她一定会乐坏的。”

“谁说晚餐后只能端菜？说不定还有其他的活动呢！”

“格鲁莫爵士会封我们为骑士。他会当着所有人的面说：‘我敢保证，这是我见过的最勇猛的动物。’”

圣托狄巴小心翼翼地把那本珍贵的书放在门洞外的草地上。草地上落了一层厚厚的灰尘，小小的空蜗牛壳随处可见，微黄的表面刻着清晰可见的紫色螺旋纹。他打开书，原来是一本动物寓言集，上面写着六个大字：动物习性大全，而且每一页都有图画。

在孩子们的催促声中，他迅速地翻动着印有歌德字体的手稿，眼神从迷人的狮鹫、野牛、鳄鱼、蝎尾狮、白鸟、肉桂鸟、赛伦女妖、印度甜树[②]、龙、鲸鱼一扫而过。羚羊在柽柳树上摩擦弯曲的角的时候把自己缠住了，最终沦为猛兽的猎物——对此，他们一点儿兴趣都没有。野牛想用排气的方法摆脱追兵，照样难逃被猎物吃掉的命运。静静地坐在印度甜树上的鸽子从龙的魔掌下躲过一劫，男孩同样视而不见。豹吐出香气吸引猎物，却对他们没有任何吸引力。此外，欺

① 在英文中，maid有双重含义，即闺女和女佣。

② 甜树（Peridexion Tree）：一种生于印度的树，果实甜美，是鸽子最喜欢栖息的地方。相传，这种树具有驱赶龙的魔力。

骗老虎最简单的方式是：在老虎的脚边放一颗玻璃球，让它以为看到的是自己的孩子。如果碰到的是狮子，别害怕，一动不动地趴在地上就没事了。狮子会用尾巻叶片把自己的脚印抹得一干二净，因为它们最害怕白色的公鸡。高地山羊从山上跳下来时安然无恙，最大的“功臣”就是它那卷曲的双角。长牙羚羊可以随意地活动它的犄角，和活动耳朵没什么两样。母熊总是把幼熊当作不成形的东西背着，时不时就会舔上几口，把它变成自己喜欢的形状。如果白鸟面对着你坐在床栏上，意味着你的小命很快就要玩完了。刺猬只要在葡萄堆里打滚，就能给孩子们带回去很多很多的葡萄。哦，对了，还有那头怪模怪样的鲸鱼——长了七片鳍，总是显得非常腼腆，如果不仔细看，没准儿会把它当成小岛，想要靠岸。但令人失望的是，男孩压根儿就没有把这一切放在心上。圣人费尽心思，终于抓到了那头被希腊人叫作犀牛的独角兽。

按照书上的说法，独角兽动作敏捷，而且胆子比较小，就像羚羊一样，只有一个办法能抓到：用一个女孩当诱饵，独角兽看见她独自一人，就会立刻过来把头枕在她的膝盖上。书上有一张插图，上面的内容是：一个看起来不太可靠的女孩用一只手握着独角兽的角，另一只手则招呼着拿长矛的猎人。她的脸上流露出的是虚伪的表情，和独角兽愚蠢得可笑的信任眼神形成了巨大的反差。

读完指示和插图的内容后，加文决定立刻开始行动，向厨房飞奔而去，很明显，他是去找厨房女侍。

“听着，”他说，“赶紧和我们上山去抓独角兽。”

“不，加文少爷！”被加文抓住的女仆恳求道。她叫梅格。

“少啰唆，你去也得去，不去也得去。安心当你的诱饵吧，

等着它把头枕在你的膝盖上。”

梅格吓得哭了起来。

“安静，有什么好哭的？”

“求你了，加文少爷，我一点儿也不想要独角兽。我只是一个听话的女孩，一直很听主人的话。我还有很多衣服要洗，如果女主人知道我溜出去，一定会狠狠地打我。加文少爷，我会挨打的。”

加文不顾她的苦苦哀求，用力地揪住她的辫子，把她拖走了。

在高山上，四个孩子正在清冽的冷风中商量着捕猎的细节。梅格的头发被人抓住，根本就不可能逃走，所以一直在哭。如果抓着她的人必须双手并用比画什么，就会叫人来接手，就这样轮流下去。

“好吧，我来当队长，”加文说，“我是哥哥，就让我来当队长吧。”

“凭什么？这个主意可是我想出来的。”加瑞斯不服气地说。

“但是，照书上的说法，诱饵必须单独留下来。”

“不行，她绝对会逃跑。”

“梅格，你会逃跑吗？”

“求你可怜可怜我，放我走吧，加文少爷，”

“我说得没错吧？”

“看样子，我们必须把她绑起来。”

“加赫里斯少爷，你们真的要把我绑起来吗？”

“少废话，你不就是个女生吗？”

“可是，你们想用什么东西绑呢？”

“兄弟们，作为队长，我命令加瑞斯立刻回家拿绳子。”

“我才懒得理你。”

“如果事情搞砸了，那就别怪我。”

“为什么偏偏要我去？这个点子明明是我想出来的。”

“阿格凡，那你去吧。”

“我不去。”

“加赫里斯，你去。”

“不要。”

“梅格，你这个可恶的女孩，听好了，千万别想着逃跑，否则我让你好看。”

“知道了，加文少爷。但是，加文少爷……”

“只有找到坚硬的石南根，”阿格凡说，“我们就可以把她的辫子绑在上面。”

“好吧，就按你说的做。”

“好啊！”

把闺女绑好后，四个男孩围坐在她身边，商量接下来该怎么做。他们从兵器库里偷了几根捕猎野猪时用的长矛，准备得十分充足。

“这女孩就是母亲，”阿格凡说，“就是母亲昨天做的事。格鲁莫爵士就由我来当吧。”

“那我当派林诺好了。”

“没问题，阿格凡可以当格鲁莫，但有一点，诱饵必须单独留下，像书上写的那样。”

“天哪，加文少爷！天哪，阿格凡少爷！”

“快闭嘴，千万别怕独角兽吓跑了。”

“然后我们就躲起来。那几个骑士都留下来了，所以母

亲昨天没有抓到独角兽。”

“我要当芬·麦库尔[1]。”

“那我就是怕洛米德爵士。”

“啊，加文少爷，你们别走啊！”

“吵什么？”加文说，“你这个蠢货，当诱饵是你的荣幸。我们的母亲昨天就是这样。”

加瑞斯说：“没事的，梅格，别哭了。我们一定会让你平安无事。”

“别做梦了，它会毫不留情地杀死你。”阿格凡凶巴巴地说。

这下，可怜的姑娘哭得更伤心了。

“你为什么要这样说？”加文气冲冲地问道，“你总是喜欢吓唬人。这下好了吧，她哭得更厉害了。”

“别哭了”加瑞斯说，“梅格，亲爱的，别哭了。回家后，我就把弹弓借给你玩，我说到做到。”

“哦，加瑞斯少爷！”

“喂，你还在磨蹭什么呢？和她废什么话，赶紧过来。”

“知道了，知道了！”

“哦！哦！”

“梅格。”加文恶狠狠地说，脸上露出了可怕的表情，“如果你还哭，我就一直这样看着你。”

这一招真果然有用，哭声立刻就停住了。

“好极了！”加文说，“独角兽一出来，我们就会冲出来杀死它。兄弟们，你们都听清楚了吗？”

---

① 麦库尔（Finn MacCoul）：爱尔兰史诗中的英雄、智者，创造了很多丰功伟绩。

“杀死吗？”

“是的，必须杀死。”

“明白了。”

“但愿长矛不会让它更痛苦。”加瑞斯说。

“你这个傻子，怎么会有这种蠢念头？”阿格凡说。

“我实在想不通，为什么你一定要杀死它？”

“笨蛋，如果不这样，我们怎么能把它带回去，送给母亲呢？”

“这样吧，”加瑞斯说，“我们抓住它后不要伤害它，直接牵回家给母亲就行了，这样可以吗？我想说的是，如果它很温驯，就让梅格牵着走。”

加文和加赫里斯都同意他的意见。

“要是它很温驯，”他们说，“带活的回去不是更好吗？这应该就是打猎的最好结果了。”

“我们可以赶着它走，”阿格凡说，“用树枝狠狠地打它的屁股。”

“哦，对了，还有该死的梅格，她也要挨打。”他补充了一句。

说完，男孩全都藏了起来，除了轻柔的风声、石南丛里的蜜蜂嗡嗡声、云雀美妙的歌声，以及远处梅格断断续续的哭声之外，什么声音都没有。

独角兽的出现完全在孩子们的意料之外。给他们感触最深的就是它那无与伦比的美感，它看起来实在是太高贵了。不管是谁，看见它的第一眼就会着迷。

独角兽浑身白花花的，蹄子闪烁着亮银色的光芒，珍珠色的犄角看起来是那么优雅大方。它的动作是如此灵巧，越

过石南丛时脚步轻盈，没有发出一丁点儿声音；长长的鬃毛梳理得整整齐齐的，在轻风的吹拂下画出了美丽的弧线。独角兽最引人注目的地方，当然是它那一双亮晶晶的眼睛，它的鼻子两侧有淡淡的浅蓝色皱纹，一直延伸到眼窝，在眼睛周围留下了忧伤的阴影。在这哀伤而美丽的阴影的包围下，它的眼神里充满了哀愁、寂寥，还有那温柔而高贵的悲剧气息，而这一切足以让观者忘却所有的情感，除了怜爱之外。

独角兽走到梅格面前，低着头，拱起颈子，先是用珍珠色的犄角碰了碰她脚边的土地，然后用亮银色的蹄子摩擦着石南丛，它是在向她表示敬意。梅格吓得忘了哭泣，摆出一个皇家敬礼动作，朝独角兽伸出手。

“过来，独角兽，”她说，“要是你愿意，就躺在我的膝上吧。”

随着一声嘶鸣，独角兽伸开蹄子，扒着地面，先是小心翼翼地单膝跪地，然后跪下另一只脚，在梅格面前弯着身子。它就这样含情脉脉地看着梅格，最后把头枕在她的膝上。它的用雪白的面颊轻轻地摩擦着梅格柔软的衣裳，用恳求的眼神望着她。独角兽的眼白往上一闪，不好意思地收起两只后脚，一动不动地躺在那儿，出神地仰望着天空。它的眼睛里充满了信任，把前蹄举得高高的，在半空中做出拨弄的动作，好像在说：“看看我吧，爱我吧！能不能摸摸我的鬃毛？”

埋伏在旁边的阿格凡呜咽一声，猛地冲向独角兽，紧紧地握着一支尖利的长矛。其他三个男孩紧张地站了起来，眼睁睁地看着他往前冲。

阿格凡冲到独角兽身边，举起长矛，使劲儿地戳它的后腿、纤细的腹部和肋骨。独角兽痛苦地看着梅格，挣扎着跳了起来，看着她的眼神里满是责难。她不自觉地用一只手握着它的角，似乎是在发呆，她自己却丝毫没有察觉到。她的力气虽然不大，独角兽却好像挣脱不了。阿格凡一阵猛戳之后，独角兽身上到处都是血窟窿，血流不止，青白色的皮毛瞬间被染成了红色。

加瑞斯朝他们跑去,加文紧随其后。加赫里斯跑得最慢，不知所措地站在那儿。

“够了，立刻停手！”加瑞斯大喊道，“别再刺它了！”

当加文赶到的时候，阿格凡的长矛正好插进了独角兽的第五根肋骨的下方。它开始不停地抽搐,颤抖着伸直了后脚。它的后脚伸得直直的，好像马上就要猛地跳起来，却又开始剧烈地颤抖，在死亡的剧痛中给自己的生命画上了句号。即便是在生命的最后一刻，独角兽的目光从未离开过梅格，梅格也一直低头看着它。

“你为什么要这样做？”加文吼道，“别刺了！千万不要伤它！”

“哦，独角兽。”梅格默默地说。

独角兽四脚朝天，终于平复下来，头无力地靠在梅格膝上。踢完最后一下，它的脚就僵硬了，青色的眼睑向下耷拉着，再也动不了了。

“你这个可恶的家伙！”加瑞斯嘶吼道，“它这么漂亮，你怎么忍心杀死它？”

阿格凡也扯着嗓子喊道:“这个女孩是我母亲。谁让它把头放在她膝上？”

“我们不是说过,要让它活着吗？”加文喊道,“我们说过，要带它回家，然后我们就可以端菜。”

“独角兽真可怜啊！”梅格说。

“仔细看看，它可能已经死了。”加赫里斯说。

加瑞斯走到阿格凡面前，毫不畏惧地质问着这个比他大三岁、用一只小拇指就能打败他的哥哥：“你这个可怕的凶手！为什么要这样做？这么可爱的独角兽，为什么一定要杀死它？”

“我说过了，它把头枕在母亲的大腿上。”

“它并没有什么恶意！瞧见了吗？它的蹄子是银色的。”

“这只该死的独角兽，就算死了也不可惜。还有梅格，同样该死。”

“可恶，你这个叛徒！”加文说，“如果不是你，我们就能把它带回家，并且端菜。”

“现在说这个还有什么意义？”加赫里斯说。

梅格低着头，一边看独角兽雪白的额毛，一边抽泣。

加瑞斯轻轻地抚摸着独角兽的头，扭过头去，不想让别人看见自己的泪水。直到这一刻，他才真正地感受到独角兽的毛皮多么柔顺。他眼睁睁地看着独角兽在自己面前咽气，意识到这件事从头到尾就是一个悲剧。

“反正已经死了。”加赫里斯连着说了三遍，“说什么都没用。咱们还是把它带回家吧。”

“没想到，我们真的抓到了。”加文说。知道这时，他才猛然回过神来，他们的目的已经达到了。

“畜生一只！”阿格凡兴奋地说。

“噢，我们做到了！没有任何人的帮助！”

“格鲁莫爵士都没有办法。”

“我们却抓到了。”

加文早已把之前的悲伤忘得一干二净，反而围着尸体欢快地跳起舞来。他一边用力地挥舞着长矛，一边发出了凄厉的叫声，听得人心惊肉跳。

“听我说，咱们必须把它剖开。”加赫里斯说，“就按照步骤来。先把内脏弄干净，再把它放到马背上驼回城里，像真正的猎人一样。”

“她一定会非常高兴的。”

“她会说：‘上帝保佑，我儿子真是棒极了！’”

“从此以后，咱们就会心想事成，和格鲁莫爵士和派林诺国王一样。”

“那么，怎样才能剖开呢？”

“先把内脏挖出来。”阿格凡说。

加瑞斯站起来，钻进了石南丛里。他说：“这不关我的事。梅格，你觉得呢？”

梅格一直觉得很难受，所以一句话都没说。梅格只想离这场悲剧远远的，越早越好，所以当加瑞斯解开她的头发时，她拔腿就跑。加瑞斯一边叫她的名字，一边追她。

“梅格、梅格！”他喊着，“快停下！等等我啊！”

可是，梅格假装没有听到，打着赤脚跑得飞快，跃动的身影就像羚羊一样。眼看着梅格跑得越来越远，加瑞斯扑倒在石南丛，伤心地放声大哭，至于他为什么会哭，恐怕连他自己也觉得莫名其妙。

在解剖的过程中，剩下的三个小猎人遇到了难题。他们并不知道正确的方法，就从腹部开始割，所以把肠子刺穿了，原本美丽的动物顿时变得血肉模糊，看起来恐怖极了，而且非常恶心。他们三个都深爱着独角兽，只是方式不同而已，

其中，阿格凡的感情应该是最扭曲的。对他们来说，破坏如此美好的东西是自己的错，最终，深深的罪恶感居然让他们由爱生恨。尤其是加文，他对它没了性命和它曾经的美丽讨厌至极，甚至讨厌它的一切，因为它让他觉得自己禽兽不如。之前，他很喜欢独角兽，并且帮他们抓住了它，但是现在，他唯一能做的就是把羞愧的情绪全部发泄到尸体上。他发疯似的砍了一阵儿，莫名其妙地有点想哭。

“咱们肯定搞不定。”他们喘着粗气说，“就算把内脏弄干净了，也不可能搬下山。”

“但是，咱们必须搬。”加赫里斯说，“必须搬！不然的话，还有什么意义呢？我们得想办法搬回家。”

“怎么可能呢？”

“因为我们没有马。”

“以前，咱们解剖完，不都是放在马背上的吗？”

“干脆把头砍下来吧？”阿格凡说，“把头砍下来，带回去就行了。只要有头就行了，大家一起扛可以。”

虽然大家都觉得这个差事很恐怖，但还是割断了独角兽的颈子。

石南丛里的加瑞斯不再哭泣，翻过身子，呆呆地仰望着天空。他亲眼看着一朵朵云庄严地从宽阔而深邃的天穹划过，顿时觉得头晕眼花，情不自禁地在心里想着：从这里到那朵云到底有多远？一英里[①]吗？上面那朵云呢？有没有两英里？在那之后，是一望无际的蔚蓝，说不定有一百万英里，甚至一千万英里。如果这时候正好天旋地转，大概我就会从地面上掉下去，我绝对能飞到很远的地方。从云层飞过的时

① 1英里约等于1.609千米。

候，我会尝试着把它们抓住，但不会因此而停下来。但问题是，我要去哪里？

想到这里，加瑞斯觉得胃里翻江倒海的，再加上他没有帮忙兄弟们处理尸体而觉得有愧，所以觉得更不舒服。在这种情况下，让他离开最让他最难受的地方，并努力忘记它，恐怕是唯一的办法了。于是，他决定去找其他人。

“你好啊，”加文说，“你抓到她了吗？”

“没有，她跑回城堡了。”

“但愿她没有告诉别人，”加赫里斯说，“如果走漏了消息，那可就一点儿意思都没有了。”

三名屠夫弄得狼狈极了，衣服全都汗浸湿了，到处都是血，看起来可怜兮兮的。阿格凡更惨，还吐了两次。但这并没有阻止他们继续寻找的脚步，加瑞斯也来帮忙了。

“一定要坚持下去，”加文说，“如果咱们能把它带到母亲面前，情况会怎么样？”

“要是我们能让她看到她想要的东西，没准儿她会上楼来和我们说‘晚安’！”

“哈哈，她一定会夸奖咱们是‘了不起的猎手’。”

他们费了九牛二虎之力，总算把独角兽的脊椎骨切断了，却发现它的头实在太重了，他们根本扛不动。他们想一起把它抬起来，最后却把自己弄得到处都是血。后来，加文想了一个好办法——用绳子拖，结果却哪里都没找到绳子。

“我们可以抓着它的角使劲儿地拖，”加勒斯说，“正好是下坡，咱们只要用力推就行了。”

他们轮流拖，因为一次只能有一个人握住。等到独角兽的头被石南树根绊住，或者卡在山沟里时，其他人就会过来

帮忙。即便如此，对四个小孩子来说，独角兽还是非常重，最多走二十码就要停下来换班。

“回到城堡后，”加文气喘吁吁地说，“咱们就把独角兽的头放在花园的椅子上，母亲用餐前肯定会从那里经过。咱们把头挡住，等她走近了，再突然同时让开，给她一个大大的惊喜。”

“她一定会大吃一惊。”加赫里斯说。

他们好不容易下了坡，头却被钩住了。现在，他们在平地上，角抓不稳，所以没办法继续拖。

晚饭时间眼看着就要到了，时间紧迫，加瑞斯主动请缨，飞快地跑回城里拿绳子。他们用绳子把血淋淋的头系得牢牢的，把这个已经面目全非的血腥气十足的战利品运到草药花园时累得骨头都快散架了。他们把沾满泥泞和缠着石南的展览品放在椅子上，为了能尽量地让它变得美观一点，加瑞斯还特意用东西把它撑了起来。

魔法王后果然和往常一样按时来散步了，她一边格鲁莫爵士聊得火热，一边用脚玩赏着犬特雷、布兰齐和甜心，甚至压根儿就没看见自己的四个儿子就站在椅子前面。他们恭恭敬敬地站成一排，弄得像泥猴一样，看起来非常兴奋，而且满怀期待。

“好！”听到加文的命令后，他们迅速地站开。

她满脑子里都是其他的事情，所以没看到独角兽，只是和格鲁莫爵士一起走了过去。

“母亲！”加瑞斯大声地喊道，声音听起来怪怪的。他追了上去，拉了拉王后的裙摆。

“怎么了，我亲爱的小宝贝？”

“嗯，母亲，我们想送给您一只独角兽。”

“您瞧瞧，格鲁莫爵士，我的孩子们多厉害啊！”她说，“好的，亲爱的小宝贝，你们自己去厨房喝牛奶吧！”

“可是，妈妈……”

“行了，行了，”她轻声说，“以后再说，好吗？”

说完，王后就自顾自地离开了，觉得莫名其妙的野森林骑士则跟在她屁股后面。孩子们浑身脏兮兮、破破烂烂的，她却跟没看见一样，甚至都没有责骂他们。后来，就在那天晚上，当她发现独角兽时，狠狠地打了孩子们一顿，因为她自己和英格兰骑士找了一整天，却连独角兽的影子都没看见。

第八章

在毕德格连平原上，五颜六色的帐篷随处可见，就像是一座座老式浴棚。其中一小部分甚至和真的浴棚一样有条纹，但大多数是没有花纹的黄绿等颜色。帐篷上有各种各样的图样，有的是缝上去的，有的则是印上去的，有巨大的双头黑鹰、飞龙、长枪、橡树，还有和主人的姓名读音差不多的事物。比方说，凯伊爵士的帐篷上画的是一把黑钥匙，敌对阵营的乌尔巴爵士[①]则是穿着飘垂着袖子的手肘。这种袖子的学名叫“曼奇袖”，帐篷顶端的燕尾旗随风飘舞，成捆的长矛斜靠在上面。好动的贵族往往会在门外挂上盾牌或大铜盆，你只要用枪托撞击这些东西，里面的贵族就会在回声消失之前怒气冲冲地冲出来，想和你好好地较量一番。狄纳丹爵士是远近有名的好好先生，他挂在帐篷外的是一个夜壶。除了帐篷之外，就只有营地里的人了。帐篷被密密麻麻的人包围了，厨师正在和偷吃羊肉的狗儿吵得脸红脖子粗；小随从趁别人不注意，在对方背上写了一些骂人的话；歌手则一边优

① 凯伊（Kay）和钥匙（Key）读音相近，乌尔巴（Ulbaw）则和手肘（elbow）读音相似。

雅地弹着鲁特琴，一边陶醉地吟唱着和《绿袖子》差不多的曲调；一些侍从虽然看起来很天真，却一肚子坏主意，把患了跗节肉肿的马卖给别人；乐师弹着六弦琴，为的就是赚点小钱；吉卜赛人做着他们最擅长的事——为人占卜战事凶吉；高大魁梧、头巾裹得乱七八糟的骑士下着西洋旗，大腿上还坐着一些随军女贩。除此之外，还有小丑、吟游诗人、特技演员、竖琴手、歌手、弄臣、魔术师，还有人跳着熊舞、鸡蛋舞、梯子舞、芭蕾舞；江湖游医、表演吞火和走绳索特技的人接连献计，引得人们连连鼓掌欢呼。从某方面来看，和德比的赛马日[①]还真挺像的。谢伍德森林里环绕着营棚林立的阵地，一直延伸到很远的地方，直到消失。森林里到处都是疯跑的野猪、正值壮年的公鹿、不法之徒、火龙和紫蛱蝶，还埋伏了一支军队，但人们对这件事一无所知。

亚瑟王从来没有过问过即将来临的战事。他的营棚在阵地的中央，熙熙攘攘的，于是他躲在帐幕的后面，成天对着艾克特爵士、凯伊或梅林高谈阔论。下面的军官看见丝质营帐里总是亮着灯，还以为国王在召集紧急作战会议，肯定有什么厉害的退敌方案，全都高兴不已。但他们绝对想不到，谈话的内容和战事毫无关系。

“一定会有人相互较劲儿！”凯伊说，“到那时，你手下的骑士会抢着当第一，所有的人都想当国王。”

“那我们就用没有主位的圆桌。”

“但问题是，亚瑟，圆桌怎么可能同时坐 150 个骑士呢？让我好好算算……”

最近几年来，梅林参与讨论时总是置身事外，双手交叠

① 赛马日（Derby Day）：在英国中部德比郡举行的赛马大会。

放在腹部，满脸笑容地坐在旁边。这时，他终于决定出面，帮凯伊解决难题。

“直径最少要四五十米，”他说，“周长怎么计算，你知道吧？就是半径乘以 2 再乘以 π。”

“好的，假设直径为四五十米，那么桌面有多大？简直就是一片汪洋大海，只有周围有几个人。桌子实在是太大了，如果在中间放菜，谁都够不着。”

“为什么不换成环状的桌子呢？”亚瑟说，“不要用圆的。我不知道应该怎么说，总之和车轮的轮框差不多，仆人可以在轮辐空出来的地方走动。这样吧，我们干脆叫他们‘圆桌武士’。”

“好主意！”

“重要的是……”国王越开动脑筋，就显得他越聪明。他继续说：“最重要的是，必须从他们年纪小的时候就要开始。现在和我们作对的老骑士已经老了，对他们来说，学习新东西已经是个大难题。要说服他们加入我们或许并不难，教他们用正确的方式动武也不难，要他们改变几十年的老习惯才是最难的，布鲁斯爵士就是一个很好的例子。格鲁莫和派林诺——当然要拉他们进来——现在不知道去哪儿了？格鲁莫和派林诺都很和气，所以没什么问题，但洛特的手下就很难说了。这就是我说要从小开始的原因。为了将来考虑，我们目前最迫切的任务就是培养新一代的骑士，上次和你们一起回来的蓝斯洛就不错，如果能多找一些和他一样的孩子就好了。说到底，圆桌的中心支柱是他们。”

“说到‘圆桌’，”梅林说，“我可以坦率地告诉你，罗德格兰斯国王那儿正好有一张合适的。既然你想和他的女儿结婚，没准儿他会愿意把那张桌子送给你们当作嫁妆呢！”

“我和他女儿结婚？”

“没错，她的名字叫桂妮薇。”

“听我说，梅林，我对将来的事情一点儿也不感兴趣，并且我也未必相信……”

“有些事情，”魔法师说，“不管你信不信，我都要说。但现在有一件事挺麻烦的，我总觉得有件事忘记告诉你了。记得提醒我，有空的时候一定要警告你桂妮薇的事。”

“您把我们都弄得稀里糊涂的。”亚瑟埋怨道，“我也忘了自己想告诉您的事，比方说，谁是我的……”

“到时候，你必须搞一次盛大的宴会，”凯伊打断了他的话，“比方说，在五旬节的时候，和所有的骑士一起吃晚餐，听他们讲述自己的故事。如果你能趁机叙述自己的丰功伟绩，我想，他们百分之百愿意听你的安排，按照你的新方法去打。梅林可以用魔法把他们的名字全都印在座位上，再把徽章刻在椅背上，想想就很壮观。”

听到这个激动人心的想法的时候，国王立刻把之前的问题抛到了九霄云外。两个年轻人说干就干，迫不及待地画起自己的纹章给魔法师看，生怕他把颜色弄错了。画到一半的时候，凯伊把头抬了起来，吐着舌头说：“对了，我们上回争论‘侵略’的事，您还记得吧？我倒是有一个好主意，一个开战的好理由。”

梅林顿时僵住了。

“到底是什么？”

“只要有开战的好理由就行了。举个例子，如果哪个国王有幸发现了一种全新的生活方式，能造福我们大家，没准儿会成为拯救人类的唯一方法。但是，如果人类太坏或太笨，不听他的劝说呢？为了大家的利益考虑，他可能必须使用武力。”

魔法师握着拳头，使劲儿地绞着长袍，身体开始不停地颤抖。

“真有趣，”他颤抖着声音问，“真是太有趣了。我年轻的时候，就亲眼见过这样的人。一个奥地利人发明了一套新的生活方式，他觉得自己应该将其变成现实，所以强迫人们进行改革,最终却将整个文明世界推进了痛苦和动荡的深渊。但是那个家伙，他也是我的朋友，忘记了革命的‘先驱者’耶稣基督。假设耶稣和那个奥地利人一样，都懂得拯救世人的方法。但有意思的是，耶稣不仅没有把门徒训练成突击队员，也没有焚毁耶路撒冷的神殿，或者把所有的过错都推到彼拉多身上。相反，他让人们明白了一件事，哲学家的职责是为人们‘提供’新的想法,而不是强迫他们接受这些想法。”

凯伊面无血色，但是并不服气。

他说：“亚瑟之所以打这场仗，不就是要强迫洛特王接受他的想法吗？”

第九章

没想到，王后关于捕捉独角兽的提议居然产生了意想不到的结果。派林诺国王的相思之情越是浓烈，大家伙儿就越觉得自己应该帮帮他。帕洛米德爵士脑子里突然冒出了一个想法。

“想让陛下开心，”他说，“唯一的办法就是寻找寻水兽。在下已经重复过无数遍，这个习惯已经跟了大君阁下[①]几十年。”

“依我看，寻水兽要么是死了，要么就是在遥远的法兰德斯。”格鲁莫爵士说。

“那我们要乔装打扮一下。”帕洛米德爵士说，“扮成寻水兽的样子，亲自上场让人猎捕。”

“这可不是容易事。”

可是，撒克逊人已经下定了决心。

“这根本就不可能，”他问，“看在老天的份上，这简直是在做梦。据我所知，小丑都是穿着动物的服饰，扮成鹿和

① 大君阁下，指的印度的大君，是殖民时代印度人对欧洲人的尊称。怀特在这里提到这次词，应该是为了强调帕洛米德的异教徒（撒克逊）的身份。

羊的样子，在铃铛和小鼓的音律中转圈跳舞。”

“但问题是，帕洛米德，咱们又不是小丑。”

“看他们怎么做的就行了。”

“学做小丑？”

小丑其实就是我们常说的杂耍艺人，是一种地位低贱的吟游诗人，格鲁莫爵士并不认为这是个好主意。

“但是，我们怎样才能扮成寻水兽呢？”他无力地问，“这可没有你想象的那么简单。”

“那就详细介绍介绍吧。”

“这个该死的家伙和四不像差不多，有着蛇头和豹子身体，狮子屁股和雄鹿脚。请原谅我的直接，老兄，咱们根本模仿不了它肚子里的声音。那种像三十对猎犬同时吠叫的声音，学起来可真不那么容易。”

“这样吧，在下来扮肚子，”帕洛米德爵士回答道，“听着，就像我这样叫。”

他唱起了约德尔调[①]。

“安静！”格鲁莫爵士惊叫道，“你想把城堡里的人全都吵醒吗？”

“那我们就说好了。”

“别扯了，我长这么大还听说过这么荒唐的事呢！再说，它根本就不是这样叫的，应该是这样。”

接着，不成调的男高音响起了，和瓦士湾[②]里几千只野雁同时鸣叫差不多，这是格鲁莫爵士的声音。

“行了，赶紧闭嘴！”帕洛米德爵士大喊道。

---

① 约德尔调（Yodel）：阿尔卑斯山地区独有的一种真假嗓音互换的唱法。

② 瓦士湾（The Wash）：位于英格兰东部的北海水湾。

“凭什么要听你的？我想，你应该是在学猪叫吧？”

于是，这两位博物学家开始互相学猫头鹰咕咕叫、学猪的呼噜声、学海鸥的嘎嘎叫、学婴儿的呜呜声、学公鸡的喔喔叫、学牛哞哞叫、学狗汪汪叫、学鸭子呱呱叫，学猫喵喵叫，叫得脸红脖子粗。

“至于脑袋嘛，”突然，格鲁莫爵士停了下来，说，“最好还是用厚纸板做。”

“要么用帆布？”帕洛米德爵士说，“附近的渔民家里肯定有很多。”

“用皮靴做蹄子，怎么样？”

“然后在身上涂一些豹纹。”

“记得用纽扣把身子中间扣在一起……”

“……咱俩就这样连在一起。”

“你呢，”帕洛米德爵士大方地说，“当后半部分就行了。还有，狗吠的声音就交给你了，因为声音明显是从肚子里出来的。”

格鲁莫爵士笑得脸都红了，用沙哑的诺曼腔说：“谢天谢地，帕洛米德，说真的，你是个大好人。”

“您过奖了！”

在接下来的一个星期里，派林诺国王很少碰到这两个朋友。“派林诺，要不你去写情诗吧！”他们对国王说，“或者去悬崖边唉声叹气，听话！”在他们的建议下，他四处闲逛，有灵感的时候不是大声喊着“法兰德斯——懒货”，就是“女儿——履行”。阴郁的王后则总是站在离他不远的地方。

这时候，帕洛米德爵士把房门锁了起来，两个人躲在里面缝缝剪剪，前一秒还在涂漆，后一秒又吵得不可开交，房

间里的气氛非常热烈。

“亲爱的老兄，我告诉过你，包子[1]的花纹是黑色的。”

“不，是深褐色。”帕洛米德爵士固执地说。

“深褐色？开什么玩笑呢！再说，咱们这儿哪有这个颜色？”

他俩恶狠狠地瞪着对方，仿佛在捍卫自己的心肝宝贝。

“好了，头做好了，你试试看吧。”

“瞧瞧，东西都被你弄破了，真是笨手笨脚的。”

“本来就做得不结实。”

“看来，我们要重新做一个。”

新的头完工后，异教徒骑士退后一步，满意地欣赏着自己的创作。

“帕洛米德，离豹纹远点。完了，你又把它弄坏了。”

“真是太对不起你了！”

“你就不能好好看路吗？”

“咦，谁把它的脚插进肋骨的？”

第二天，怪兽的后半身就出了问题。

“屁股应该稍微松点。”

“别弯腰就不会有问题。”

“我当后半身，怎么可能不弯腰呢？简直是在开玩笑。”

“放心吧，肯定不会裂开。”

“百分之百会。”

“我保证不会。”

“瞧，这已经裂开了。”

到了第三天，格鲁莫爵士说：“看着点我的尾巴，你踩

① 包子，即豹子，是一种误读。

到它了。”

“格鲁莫，别抓太紧，我的脖子扭了。”

“你看不见吗？”

“是的，我的脖子扭了。”

“你又踩到我的尾巴了。”他们安静了一会儿，终于把问题解决了。

“好，这回你可得注意点，只要咱俩的脚步一致就行。”

“您来喊口号吧！”

“左！右！左！右！”

“我觉得屁股马上就要掉了。”

“如果您不赶快抓紧我的腰，咱俩肯定会分家。”

“不，我必须抓着屁股，必须放开。”

“纽扣松开了。”

“就这样吧，别管了。”

“在下早就说过。”

第四天，他们把纽扣缝好，重新开始。

“我可以练习吠叫吗？”

“当然！”

“你觉得我的叫声从里面听起来怎么样？”

“非常棒，格鲁莫，简直完美。但是，声音从我后面来，有些古怪，我的意思您明白吗？”

“我觉得声音不太清楚。”

“的确是。”

“没准儿从外面听起来没什么问题。”

第五天，他们终于有了很大的进步。

“我们还是练习一下快跑吧，光走路，怎么可能追得到它呢？”

“的确是。”

“听见我说跑，你赶紧跑。准备好了，跑！”

“格鲁莫，小心，您顶到我了！”

“小心床！”

“我的老天呀！”

“快烧了这可恶的床！我的脚，疼死我了！”

“您又把纽扣扯开了。”

“管它什么纽扣，我的脚趾撞得好疼啊。”

“在下的头也掉了。”

“我们走路就行了。”

到了第六天，格鲁莫爵士说：“如果可以来点音乐，大概跑得更快一点儿。你明白我的意思吗？和马蹄快跑的声音差不多。”

“非常遗憾，咱们没有音乐。”

“的确如此。”

“听我说，帕洛米德，我吹的时候，你能和我一起唱‘哒哒’吗？”

“非常乐意。”

“就这么说定了，咱们马上出发吧！”

“哒哒！哒哒！哒哒！”

“糟糕！”

“咱们又要重做了。”周末时，格鲁莫爵士说，“幸好蹄子没有坏。”

“我觉得，如果再外面跌倒，应该就不会那么痛了。我的意思您明白吧？比方说，跌在青苔上。”

“帆布应该也不会扯得那么厉害。”

“咱们把它缝成两层，弄得越结实越好。”

“好主意。”

“实在太庆幸了，蹄子还能用。”

“帕洛米德，这样看上去，这东西简直和一只凶猛的怪物一模一样。”

“这回做得真的太好了。”

“但是没办法让它的嘴巴喷火，真是太可惜了。”

“万一烧起来就麻烦了。”

“帕洛米德，要不咱们再跑一次吧？”

“好极了。”

“先把床推到墙角吧。”

“小心纽扣。”

“如果你看见自己马上就要和什么东西相撞了，就站在那儿别动，明白了吗？”

“好的。”

“帕洛米德，把表面擦亮点。”

“好的，格鲁莫。”

“怎么样，准备好了吗？”

“好了。”

“那咱们出发吧。”

“帕洛米德,刚才跑得真快啊！”来自野森林的骑士喊道。

“干得漂亮！”

“不知道您有没有注意到，我一直在吠叫？”

“格鲁莫爵士，我怎么可能没发现呢？”

“哈哈，我已经很长时间没有像现在这样开心了。”

他们打扮成怪兽的模样，兴冲冲地喘着气。

“帕洛米德，瞧瞧我是怎么甩尾巴的。”

“真了不起，格鲁莫爵士。瞧，我也会眨眼睛呢！”

“我看您甩尾巴了，您是不是也应该看我眨眼睛呢？这样才公平。”

“可我人在里面，什么都看不到。”

“这个嘛，格鲁莫爵士，在下没法把脑袋转过来，所以看不到肛门。”

“好了，咱们最后再跑一次。这一次，我不仅要叫得尽兴，还要拼命地甩尾巴，想怎么甩就怎么甩。哈哈，一定非常吓人。”

“在下会一直眨眼睛。”

“帕洛米德，咱们跑的时候能偶尔跳几下吗？你明白我的意思吧，就是后脚腾跃的样子。”

“既然是后脚腾跃，就让后半部独自发动吧，那样效果更好。”

“也就是说，让我自己来？”

“是的。”

“帕洛米德，你这个大好人，居然让我一个人跳。”

“您在腾跃的时候一定会小心，免得撞到前半部的后面，是这样吧？”

“帕洛米德，就按你说的。”

“穿靴子，把马鞍也准备好，格鲁莫爵士。”

“太好了，帕洛米德爵士。”

“哒哒，哒哒，哒哒，我们出发吧。”

王后也知道这简直是天方夜谭。尽管她的思想已经被盖尔族的恶意所掩盖，至少也知道“不是一路人，不走一条路”的道理。她不屑地看着那群愚蠢的骑士挖空心思地搏她的欢心，或者继续以爱情为诱饵追求他们，却丝毫没有动心。他们不过是一群撒克逊傻瓜，她却是个圣人。王后猛然发觉，可爱的孩子才是自己唯一在乎的人。在他们眼中，她是全世界最伟大的母亲。她一心一意地爱着儿子、惦记着儿子，心中充满了母性之爱。所以，当加瑞斯忐忑不安地拿着一束白色石南来到她的卧室，为上回挨打的事情道歉的时候，她紧紧地抱着他，一边亲，一边用余光瞄着镜子。

他好不容易才挣脱出来，擦干眼泪，他觉得非常难受，但同时又开心得不得了。妈妈把他带来的石南插在一个空杯子里，他知道，对母亲来说，任何事情都没有家庭重要。他自由了，可以走了。于是，得到母亲原谅的加瑞斯蹦蹦跳跳地跑出了皇家寝室，高兴得像个陀螺似的。

这里和亚瑟王小时候玩的城堡不太一样。城堡已经没有了过去的影子，如果没有那座长椭圆形的塔屋，诺曼人压根儿就认不出来。它甚至比诺曼民族所知的任何事物还要老一千年。

男孩跑步在城堡里穿梭，要把这个好消息告诉兄长们。这座城堡在远古时代就已经存在了，最初是一座海角堡垒，是原住民的神异地标。他们被泥石流般的无情历史逼到了海边，拼命地和海角对抗着。他们背对着汪洋大海，在长得像舌头的陡峭岩壁上筑起了高墙。高墙横着从舌根上经过，但他们事先并没有想到，原本可能夺走他们性命的大海，反而变成了坚固的堡垒。或许你听说过食人族的故事，他们身上涂着蓝色的颜料，用高和宽都是十四英尺的石块砌成高墙，

让人在排屋里往外扔燧石。他们在高墙外侧安插了很多尖石，构成了一面朝外的铁蒺藜，就像受了惊吓的刺猬一样。到了晚上，他们在高墙的庇护下，和家畜在小木屋里挤在一起。敌人的脑袋悬挂在墙头的长竿上，国王甚至还在地建造了藏宝室，遇到危险的时候可以作为逃生通道。通道从高墙下面通过，就算堡垒陷落，他也可以偷偷地溜到敌军背后，杀他们一个措手不及。通道非常狭窄，一次只容一个人通过，并且还安装了特殊的扭索，如果有追兵，就可以趁其解除障碍物的时候袭击其头部。当初，工人们把这座地下通道挖好后就被处死了，为的就是永远地保守这个秘密。

这件事已经有几千年的历史了。

随着原住民保育政策的兴起，洛锡安城不断向外扩建。被斯堪的纳维亚占领后，这里冒出了一座长形木屋；那里的原始石墙被推倒后，改建成了原塔，作为僧侣的卧室。而那座包含牛棚和两间寝室的椭圆形塔屋的历史最短。

在这片杂乱不堪的残墟里；在单坡顶屋和改装的建筑之间——它们本来是刻着欧延[①]文字，纪念去世多年的某甲的儿子某乙的石碑，后来才成为城堡的一部分；在那因为被大西洋气流涤净，才显得嶙峋的迎风峭壁上，加瑞斯一路疯跑，寻找着兄弟们的身影。小渔村依山傍水，就在下方的沙丘之间——那里视野开阔，一眼就能看见十英里之外的大浪和一百多英里外天边积云的地方。爱尔兰的圣人和学者住在海边，藏在圆顶的石屋里，给人一种既神圣又恐怖的感觉。他们有时候在蜂巢一样的小屋里背诵五十首诗篇，有时候在旷野中背诵五十首诗篇，有时候在冰冷刺骨的海水中背诵五十

① 欧延：也叫欧甘，为公元4世纪到7世纪用来写爱尔兰文的字母。

首诗篇，以此来表达自己对这个世界的满腔仇恨。圣托狄巴绝对算不上是其中的典型。

最后，加瑞斯是在储藏室里找到哥哥们的。

这里弥漫着各种各样的气味，比如燕麦、火腿、熏鲑鱼、干鳕鱼、洋葱、鲨鱼油、一桶桶腌渍鲱鱼、大麻、玉蜀黍、鸡毛、帆布、牛奶——他们每个星期四都要在这里制作奶油。这里还有干燥的松木和草药、苹果、鱼胶、制箭师傅用的亮光漆、外国香料、捕鼠器里的死老鼠、鹿肉、海草、木头刨花、一窝小猫、还没有找到买主的深山绵羊毛以及辛辣的焦油。

加文、阿格凡和加赫里斯坐在羊毛上一边吃苹果，一边争得脸红脖子粗。

“这关我们什么事啊？”加文固执地说。

阿格凡小声地说，看起来可怜兮兮的：“这件事和我们的关系最密切，而且是错的。”

“你胆子也太大了吧，居然敢说母亲错了。”

“她就是错了。”

“不可能。”

“你有什么证据……”

“对撒克逊人来说，他们已经算好的了。”加文说，“格鲁莫爵士昨晚还让我试戴他的头盔呢！”

“那和这一点有什么关系呢？”

加文说：“好了，我不想说了。讲这种事简直太无耻了。”

“不愧是加文！”

加瑞斯进屋的时候，一眼就看见加文气呼呼地瞪着阿格凡，头发是红的，脸和耳朵也是红彤彤的。看样子，他马上就要发火了。但是，作为知识分子，阿格凡就算被人逼迫，

也会拼命捍卫自己的自尊，绝不会做出任何让步。吵到一半就被人打倒在地，却仍然躺在地上嘲讽对方的那种人，说的就是他。“来吧，打这儿，使劲儿打，让我瞧瞧你的力气到底有多大。”

加文瞪着他。

“闭上你的臭嘴。”

“我偏不。”

“我让你闭嘴，你听不见吗？”

“不管你做什么，都改变不了任何事实。”

加瑞斯开口说：“阿格凡，够了。加文，别和他一般见识。阿格凡，如果你再不闭嘴，他一定会杀了你。”

“死就死，反正我说得没错。”

“别吵了。”

“我就要吵。我觉得咱们应该给父亲写封信，把那些骑士的事告诉他，还有母亲的事……”

他的话还没说完，加文就冲了上去。

“你这个把灵魂卖给魔鬼的家伙！”他怒吼道，“你这个该死的叛徒，简直胆大包天。”

对他们兄弟来说，发生冲突的事并不少见，但这一次，阿格凡有了一次“创举”。他长得又瘦又小，而且特别怕痛，所以被打倒的时候，被愤怒冲昏头脑的他拔出了一把匕首。

“小心他的手！”加瑞斯大叫。

两个人在羊毛堆里滚来滚去。

“加赫里斯，把他的手抓住。加文，快住手！阿格凡，松手，把刀子丢掉！阿格凡，如果你不扔掉刀子，你真的会被他杀死的。天啊，你这个残忍的家伙。”

男孩吓得脸色发青，匕首早就不知道掉到哪里去了。加文双手死死地掐住阿格凡的喉咙，抓着他的头往地板上撞。加瑞斯抓住加文的上衣领口，使劲儿地扭转着衣领，加文差点儿就呼吸不过来了。加赫里斯躲得远远的，到处寻找匕首。

“赶紧松开，”加文一边喘着粗气，一边大吼道，“赶紧放开我！”他沙哑地咳了两声，不仔细听，会以为是狮子在学习怒吼。

阿格凡的喉结受了伤，现在他把肌肉放松，闭着眼睛躺在地上打嗝，看样子伤得不轻。他们把加文拉开，死死地按在地上，他却还在不停地挣扎，不肯罢休。

更奇怪的是，每次他狂怒的时候，就会失去控制，好像失去了人性。多年以后，当他又被逼成这样时，他甚至还会杀害女性——当然，他清醒过来后后悔得要命。

假寻水兽完成之后，两位骑士带着它离开了城堡，把它藏在悬崖底下的一个洞穴里，正好位于高潮线的上方。为了表示庆祝，他俩喝起了威士忌，一直到傍晚才回去找国王。

他们看见，国王坐在自己的房间里，拿着鹅毛笔，面前是一张羊皮纸。纸上没有诗文，只有一张草图：两颗交叠在一起的心，上面分别有一个“P”[①]，被一箭横透。国王正在擤鼻子。

“派林诺，打扰了。”格鲁莫爵士说，“咱们在悬崖上看到了一个怪东西。”

“很脏吗？”

“那倒没有……”

“我倒希望是那样。”

---

① 派林诺（Pellinore）和小猪（Piggy）的首字母。

格鲁莫爵士认真地分析了一下当时的情势。把撒克逊人拉到旁边。他们商量后决定，采取迂回的作战方式。

“哦，派林诺，”格鲁莫爵士淡淡地问，“你画的是什么东西？”

“你觉得呢？”

“像是一幅画。”

“好眼力，就是一幅画。”国王说，“真希望你俩离我远远的。我是说，你们应该识趣点。”

“或许你在这里画一条线会更好。”格鲁莫爵士接着说。

“在哪里？”

“喏，就在这里，猪的位置。”

“老兄，我完全不明白你的意思。”

“实在抱歉，派林诺，我以为你在闭着眼睛画猪。”

帕洛米德爵士敏感地意识到，自己插手的机会来了。

他吞吞吐吐地说：“老天保佑，格鲁莫爵士亲眼看见了一件稀奇事。”

“什么事？”

“其实是一个东西。”格鲁莫爵士解释道。

“什么东西？”国王追问道。

“这个东西你一定会喜欢的。”

“它有四只脚。”撒克逊人说。

“是一只动物吗？”国王问道，“还是植物或矿物？”

“动物。”

“是猪吗？”国王继续问,但大约已经明白了他俩的意思。

“不，不是你想的那样，派林诺，不是猪。快把这个想法清理干净。这东西和猎犬的叫声差不多。”

“和六十只猎犬很像。”帕洛米德爵士解释道。

“那一定是鲸鱼。”国王大叫道。

“不可能，派林诺，鲸鱼怎么会有脚呢？”

“但就是这种声音啊！”

“鲸鱼真的能发出这种声音吗？”

“老兄，我也不知道。咱们还是把话说清楚吧。”

“没问题，但是要怎么讲呢，难道像猜动物游戏那样吗？”

“不，派林诺，这只是咱们见过的一只会吠的东西而已。”

“听我说，”他哀号着说，“你们都别说了，或者离我远远的。一会儿鲸鱼一会儿猪的，现在又会吠，我怎么知道这是什么玩意儿？求求你们了，别再来烦我，让我画点小东西，然后自己上吊吧。这是第一回，也是最后一回。我的意思是，这样的要求并不过分，你们觉得呢？”

“派林诺，”格鲁莫爵士说，“振作起来吧！咱们看见的可是寻水兽呢！”

“为什么？”

“为什么？”

“是的，为什么？”

“你总是问为什么，为什么？”

“我的意思是，”格鲁莫爵士解释道，“你可以问‘在哪里’，也可以问‘什么时候’，为什么偏偏要问‘为什么’呢？”

“为什么不能问呢？”

“派林诺，你的脑袋里又满是浆糊了吧？好好听着，我们看到了寻水兽，而且它就在外面的悬崖上，近得很。”

“是‘它’，不是‘东西’。”

“老伙计，不管它是不是东西，咱们都已经看见了。”

“那你们为什么不去抓呢？”

“派林诺，难道你不觉得，去抓它的人应该是你吗？不管怎么说，这都是你一生的追求，你说呢？”

“它简直就是个蠢货。”国王说。

“这个无所谓，”格鲁莫不高兴地说，“你只要记住一点，它是你的代表作就足够了。只有派林诺家的人才抓得到它，你不是把这句话挂在嘴边吗？”

“为什么要抓它，有什么意义吗？”国王吃惊地问，“再说，它在悬崖上没准儿高兴得很呢！我实在想不通，这有什么大惊小怪的？”

“最叫人伤心的，”他话题一转，“是有一心想结婚，却始终没结成。我的意思是，那只怪物对我有用？我又没和它结婚，为什么要整天跟在它屁股后面呢？这说不通嘛！”

“依我看，派林诺，你应该认认真真打猎，振作精神。”

他们把笔拿走，给国王倒了几大杯威士忌的同时，自己也喝了几大口。

“看来，没有其他的办法了。”他突然说，“不管怎么样，只有派林诺家的人才能抓到它。”

“勇敢的人就应该这样。”

在他们阻止他之前，他就抢着说：“但是，每当我想起法兰德斯女王的女儿时，总是很伤心。格鲁莫，虽然她一点儿也不美，但是她懂我。我们有很多共同的话题，你明白我的意思吗？也许我并不是一个聪明的人，独自一人的时候又麻烦事不断，但是我和小猪在一起的时候，她总是知道自己该做什么。不管怎么说，它好歹是个伴儿。随着年纪越来越大，我这大半辈子都在追寻水兽，时候该有个伴儿了。你说什么？在森林里寂寞是在所难免的，并不是说寻水兽没资格给我做伴儿，它应该也算得上是。但问题是，它不可能和你说话，小猪就不同了。而且，它不会做菜。其实，我完全没必要和你们说这些无聊的事，但是说真的，有时候我觉得自己快崩溃了。小猪一点儿也不轻浮，你应该想得到吧？我已经爱上她了，格鲁莫，如果她愿意给我回信，我一定会高兴得跳起来。”

“我可怜的老伙计，派林诺。”他们说。

“听我说，帕洛米德，今天我看见七只喜鹊了，就像厨房里整排的油锅一样飞过。”

“一只很伤心，”国王耐心地解释道，“两只喜鹊，三只成婚，四只生男，所以七只就是四个男孩，我算得没错吧？”

“没错。”格鲁莫爵士回答道。

“它们的名字分别是阿格洛法、帕西法、拉莫瑞克，最后一个非常好笑，但是我想不起来了。但是说真的，我想要个儿子，就叫多拿尔。”

“亲爱的派林诺，如果你老是想过去的事，只会觉得更加痛苦，何必要折磨自己呢？你为什么不振作起来，继续去寻找寻水兽呢？”

“看来只能这样了。”

“没错，别再胡思乱想了。”

“这件事我已经搁置了十八年，”国王闷闷不乐地说，“做做其他的事情也没什么不好的。嘿，我的猎犬呢？”

“天哪，派林诺，你总算是想起来了。”

“尊敬的国王陛下，我们为什么不立刻就出发呢？”

“不是吧，帕洛米德，现在就走？天还没亮呢！”

帕洛米德爵士悄悄地用手肘碰了碰格鲁莫爵士。“你听说过吗，真金不怕火炼？”他小声地说。

“我明白你的意思了。”

“应该没什么问题，”国王说，“现在，什么问题都不存在。”

格鲁莫爵士兴奋地大喊道：“太好了，就这么说定了！今晚咱们就出发，派林诺埋伏在悬崖边，我俩就去追寻水兽，下午还看见过它，应该跑不了多远！”

看见他俩摸黑穿怪物装，格鲁莫爵士问道：“让我们负责去追寻水兽，怎么样，我这个理由很充分吧？”

“完美至极。”帕洛米德爵士称赞道，“瞧瞧，我的头没歪吧？”

“好老弟，我什么都看不见。”

从撒克逊人的声音中可以感受到一丝不安。

“确实很黑！”他说。

“放心吧，没事的，”格鲁莫爵士说，“掩盖咱们服装的小缺陷再好不过了。也许过一会儿月亮就出来了。”

“但愿如此，可是，他的剑从来没有锋利过。”

“行了，别说了，帕洛米德，别临阵脱逃，我不知道他的剑是否锋利，我只知道我精力充沛得很，也许是因为喝酒了吧。我保证，今晚我一定要痛痛快快地叫一回，好好地跳跳。”

“格鲁莫爵士，您的纽扣扣错了，和我扣在一起了。”

“真的很抱歉，帕洛米德。”

“您甩甩尾巴就行，不要跳了，您觉得呢？因为跳的时候前半身会有些难受。”

“不，我不仅要甩，还要跳呢！”格鲁莫坚决地说。

“那好吧。”

“帕洛米德，你又踩到我的尾巴了，赶紧挪开。”

“出发的时候，想可以用手提着尾巴吗？”

“你不觉得那样很别扭吗？”

“也对。”

“糟糕，”帕洛米德爵士说，听起来有些郁闷，“下雨了。真头疼，这里整天都在下雨。”

他把手从蛇口伸出去，雨滴打在背上，就像冰雹敲打着帆布。

“亲爱的前脚老兄，你应该没忘记，这是你出的主意吧？高兴点，老兄，派林诺还在眼巴巴地等着我们呢，他的情况恐怕还不如咱们——咱们好歹还有豹纹帆布，可以遮风避雨，他可什么都没有呢！”格鲁莫博士喝得有点多，看起来非常高兴。

“说不定雨很快就要停了。”

“当然！这样想就对了，我的异族兄弟。行了，你准备好了吗？”

“好了。”

“喊口令吧！”

“左！右！”

“一定要记得，还有哒哒的马蹄声哟！”

“左！右！哒哒！哒哒！请再说一遍，我没听清。”

“没什么事，我只是在吠。”

“哒哒！哒哒！”

“看着，我要跳了。”

“天哪，格鲁莫爵士！”

“对不起，帕洛米德。”

“我可能坐不了了。”

雨哗啦哗啦地下着，派林诺国王像雕塑一样站在山崖下，眼睛一眨不眨地看着模糊的前方。他的猎犬拖着长长的绳子，在他周围转来转去。他的铠甲有点生锈了，雨从五个地方漏进来，左右外胫骨和前臂还好，最惨的是面甲。据说，丑陋的头盔可以把敌人吓跑，所以他的面甲是猪鼻子形状的。派林诺国王的头盔就像是一只爱管闲事的猪，雨水从猪鼻子进去后一直流到了胸前，痒痒的。国王陷入了沉思。

他一定是在想：这下应该可以交代了吧？淋雨的感觉实在不太好，但是有什么办法呢，那两个家伙现在热情高昂得很。去哪里找和老格鲁莫一样亲切的人呢？帕洛米德虽然是个异教徒，却是一个非常友善的人。既然他俩兴致勃勃的，陪他们玩玩又有什么关系呢？正好可以把猎犬带过来遛遛。但它老是缠着自己，它天性如此，恐怕很难改变。看样子，明天要在刷洗盔甲中度过了。

这样其实也不错，至少不会因为没事做而太无聊，国王凄惨地想着，这总比整天瞎晃，永远沉浸在悲伤之中好得多。他情不自禁地又想起了小猪。

公主从来没有嘲笑过派林诺，这是她最大的优点。你可以试试看，在寻水兽的屁股后面追了那么多年，想尽了各种办法，却总是抓不到的时候，肯定会有很多人看你的笑话，对你冷嘲热讽，但小猪从来没有。她不仅能很快就弄清楚这件事到底有多么有趣，还能顺带提出几个捕捉寻水兽的好建议。有的人或许并不是在故作聪明或如何，但不管怎么说，没嘲笑就好。有的人能做的，也只有这些了。

接着，可怕的一天终于来了，那艘船漂到了岸边。他们觉得自己是英勇无比的骑士，应该接受冒险，所以死活要上船去碰碰运气。让他们万万没想到的是，船马上就开走了。他们拼命地向小猪挥手、喊叫，就连寻水兽也从林子里钻了出来，仓皇地跟着他们游出海。但是，谁都没有看见他们，也没有人听见他们的呼唤声，只见，岸上的人越来越小，后来甚至连小猪挥舞的那条手帕也变得越来越模糊，然后猎犬就晕船了。

每到一个新的港口，派林诺都会给她写一封信，让当地的旅店老板转交给她，他们全都一口答应了。但是不知道为什么，他从来没有收到过她的只言片语。

最后，国王觉得肯定是因为自己配不上她。他不聪明，而且成天糊里糊涂的，做什么错什么。堂堂法兰德斯的公主怎么可能看得上他，给他写信呢？哈哈，他还挺有自知之明的。更糟糕的是，他居然一个人乘坐魔法船逃走了，丢下她不管，她一定气坏了。雨没完没了地下着，他全身都湿透了，像落汤鸡一样，听，猎犬都开始打喷嚏了。还有，盔甲也会生锈周围黑漆漆的，令人胆战心寒。好像有什么东西从高高的山崖上滴下来了，看起来黏糊糊的。

“非常抱歉，格鲁莫爵士，在我耳边嗅来嗅去的是您吗？”

“你听错了，老兄，你快走吧，我只是在大声地叫而已，有多大声就叫多大声。”

“格鲁莫爵士，我说的不是您的叫声，而是一种沙哑的声音。”

“算了，问我也是白问。我只听见了吱吱嘎嘎的声音，

和风箱差不多。”

“在下认为雨很快就要停了，我们是不是也要停一会儿，您觉得呢？”

“好吧，帕洛米德，你想怎样就怎样吧。但是，我们最好尽快把这件事处理完，不然的话，我就要重新再缝一次了。为什么要停下来呢？”

“我只希望天能稍微亮点。”

“天黑就要停下来吗？”

“当然不是。但如果可以，那就再好不过了。”

“好了，赶紧走吧，老弟！左！右！对了，就这样！”

“听我说，格鲁莫爵士，”帕洛米德爵士接着说，“那个又出现了。”

“什么？”

“喘气声，亲爱的格鲁莫爵士。”

“你敢肯定这不是我的声音吗？”格鲁莫爵士问道。

“没错。这种喘气声和虎鲸有点像，有威胁或含情脉脉的意味。作为一名异教徒，我真心地希望天能稍微亮点。”

“我只能说，任何人都不可能事事如意。快走吧，帕洛米德，这就对了！”

又过了一会儿，格鲁莫爵士用低沉的声音说：“老兄，你为什么总是要撞我呢？”

“我撞您了吗，格鲁莫爵士？”

“如果不是你，还能是谁呢？”

“我完全没感觉。”

“我觉得什么东西一直在撞我的屁股。”

“会不会是您的尾巴？”

“不可能，瞧，我把它缠在手上呢！”

“不管怎么样，前脚在前半部，压根儿就不可能从后面撞您。”

“又来了！”

“什么？”

“它又在撞我！它绝对是有意的。糟了，帕洛米德，有人在攻击咱们。”

“不会的，格鲁莫爵士，是您想太多了。”

“帕洛米德，咱们必须回头看看。”

“为什么，格鲁莫爵士？”

“看看撞我的到底是什么东西。”

“在下什么都没看到，格鲁莫爵士，你知道的，天实在太黑了。”

“把你的手放在嘴巴上，然后伸出去，看看会摸到什么。”

“一个圆溜溜的东西。”

“哦，天哪，那是我，帕洛米德爵士，你从后面摸到我了。”

“实在对不起您，格鲁莫爵士！”

“没事，好老弟，没事。你还摸到什么了？”

“冰冰凉凉、滑不溜秋的……”这位好心的撒克逊人结结巴巴地说。

“帕洛米德，它会动吗？”

“是的，而且，还会嗅来嗅去的。”

“嗅来嗅去？”

“没错。”

这时，月亮出来了。

“老天爷，请您高抬贵手！”帕洛米德爵士通过兽口朝

外面看，立马吓得尖叫起来。“快跑啊，格鲁莫，快跑！左！右！齐步走！跑步走！快跑，脚步对齐！妈呀，我的脚后跟！妈呀，我的老天！妈呀，我的帽子哪儿去了？”

国王意识到，再继续等下去一点儿意义都没有。它们大概是迷了路，也可能早就消失得无影无踪了。洛锡安就是这样，空气永远是湿漉漉的。为了配合他们，他使出了全部的力气，现在却被他们像垃圾一样丢下不管，只有可怜的猎犬陪伴着他，静静地等待着生锈。不得不说，他们太不厚道了。情况很糟糕。

打定主意后，他就背起猎犬，深一脚浅一脚地走回去睡觉了。

而此时，冒牌寻水兽正藏在一座陡峭悬崖的裂缝里，肚子饿得咕咕直叫。

“可是，亲爱的骑士先生，在下实在是没想到会发生这样的事。”

“都怪你，我们真是太傻了，会听你话扮成这样。”

悬崖下方，在浪漫的月夜里，真正的寻水兽含情脉脉地等待着它的“心上人”，而在它身后，一望无际的大海泛着好看的银光。为了弄清楚英格兰人的诡计，几十名心态扭曲的原住民正藏在岩石、沙丘、贝塚和圆顶石屋里，全神贯注地打量着眼前发生的一切，却一无所获。

第十章

毕德格连，战争马上就要打响。双方的阵地里都有很多主教，他们的工作是为士兵祝福、听人告解、举行弥撒。亚瑟的部下个个都很虔诚，洛特王的人则不然——大多数会打败仗的军队都是这样。双方主教都信誓旦旦地说自己会赢，因为上帝与他们同在，亚瑟王的部下则清醒得多，他们非常清楚敌军的兵力是自己的三倍，所以最好还是先得到赦免。洛特王的士兵当然也知道两军兵力悬殊，所以根本不把亚瑟王放在眼里，只顾着彻夜跳舞、喝酒、赌博，或者讲一些下流的故事。这是历史书上的说法。

在英格兰国王的帐篷里，最后的参谋会议已经结束，梅林特意留了下来，看起来心事重重的。

“梅林，您在担心什么？难道我们会吃败仗吗？”

“当然不是，你肯定会赢。我直说好了，你会全力作战，并且在合适的时间向合适的人求助。你的天性决定了你是这场仗的胜利者，所以干脆直接告诉你吧。而我现在担心的是另一件事，我觉得应该告诉你。”

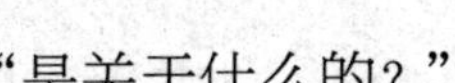

“是关于什么的？”

“看在老天爷的面子上！如果我记得是关于什么的，我怎么可能担心呢？”

“是关于那个叫妮姆的女孩的吗？”

“不，不，不，这根本就是两码事。是一件……一件我想破脑袋，也没想起来的事。”

不一会儿，梅林把胡子从嘴里拿出来，开始数手指头。

“我告诉过你桂妮薇的事吧？”

“我不相信。”

“没关系。我也警告过你有关她和蓝斯洛的事了。”

“不管那是真的还是假的，”国王说，“这个指控都很卑鄙。”

“我是不是也说过神剑的事，要你当心剑鞘？”

“没错。”

“你父亲的事我已经说过了，所以不可能是这个，我还告诉过你某个人的事情。”

“最要命的是，”魔法师一边大把大把地拔头发，一边大喊道，“我不记得这件事到底是在过去还是在未来。”

“算了，别想了。”国王建议道，“顺其自然吧，没准儿很快就想起来了。您还是放个假，好好休息休息。最近，您为了警告和打仗的事日夜操劳，一定累坏了。”

“我知道了！”梅林叫道，“这场仗一结束，我就去北亨伯兰徒步旅行。我的师父布莱斯[①]就住在那里，说不定他知道我忘记的到底是什么事。我们还可以去野外赏鸟，他对野

① 布莱斯（Bleise）：根据《亚瑟之死》的记载，毕德格林森林战役后，梅林讲述了布洛伊斯的故事，他就是将圆桌武士的事迹记录下来的人。

生鸟类非常有研究。”

“那好吧，”亚瑟说，“您多休息一段时间。等您回来，我们再好好商量提防妮姆的事。”

老人停下了手里的动作，用敏锐的目光注视着国王。

“亚瑟，你太天真了。”他说，“这也有好处。”

“什么意思？”

“你还记得小时候的魔法吗？”

“早就忘得一干二净了。我有什么魔法？我只记得自己很喜欢各种鸟兽，所以伦敦塔里的动物园才会一直保留到现在。但是，我不记得有什么魔法。”

“人都很健忘，”梅林说，“我猜，你已经忘了我说过的寓言。你知道的，我经常用寓言来解释事情。”

“当然记得。有一次，我想带凯伊一起去，您就跟我说了一个寓言，是关于某位拉比还是谁的。我到现在也没弄明白，那只母牛真正的死因。”

“听着，我要告诉你另一个寓言。”

“太好了！”

“在东方，也许就是雅卡南拉比的故乡，有个人在大马士革的市集里遇见了死神时，从幽灵恐怖的脸上看到了惊讶的表情。这个人吓得魂儿都快没了，飞跑着去找一位智者，请求他的帮忙。智者说，死神这次来大马士革，大概就是打算第二天早上把他带走的。这个可怜的家伙吓坏了，就问怎样才能逃脱。最后，他们想出了一个办法，就是连夜逃到阿勒坡，以为这样就能逃出骷髅死神的魔掌。

“后来，他果真骑马去了阿勒坡——在那场令人胆战心寒的逃亡中，从来没有人能在一个晚上走这么远的路。到了

之后，他走进市集，暗自庆幸自己摆脱了死神。

“但没想到的是，就在这时，死神走上前来，拍着他的肩膀说：‘对不起，我是来抓你的。’‘什么？’那人惊叫道，‘我不是昨天才在大马士革见过你吗？’‘没错，’死神说，‘所以当时我大吃一惊，因为我就是奉命来阿勒坡找你的。’”

亚瑟仔细思索这令人汗毛直立的老故事，好一会儿才说：“也就是说，我们不可能逃避妮姆？”

“就算我真的是这个意思，”梅林说，“最后也是徒劳一场。时间和空间都有其存在的道理，在若干年后会被一个叫爱因斯坦的哲学家发现，这就是人们常说的‘命运’。”

“但我实在不明白，他们为什么要把您关在山洞里，像一只可怜的蟾蜍一样。”

“这个嘛，”梅林说，“为了爱情，人们做任何事情都是心甘情愿的。再说，你怎么知道洞里的这只蟾蜍不快乐呢？说不定，它比睡觉的时候更开心。我在洞里安安静静地思考问题，他们总有一天会把我放出去。”

“所以，您会被放出来？”

“尊敬的陛下，在下想告诉您一件事，您可能会很意外。大概几百年后，我俩还会回来。你知道自己的墓志铭是什么内容吗？‘Hicjacet Resquondam Rexquefuturus’[①] 你还记得拉丁文吧？这句话的意思是‘永恒之王’。”

“我和您一样，总有一天会回到这里？”

“亚瓦隆峡谷里的人都这么认为。”

国王想了好一会儿。夜深了，色彩鲜明的帐幕里静悄悄的。卫兵在草地上行走，却没有一丁点儿声响。

① 意思为“永恒之王亚瑟长眠于此”。

最后，他开口说："不知道，人们会不会忘记我们的圆桌？"

梅林没有答话。他低着头，花白的胡须耷拉着，两只手放在膝间，握得都快出汗了。

"梅林，你知道他们会是什么样的人吗？"年轻国王闷闷不乐地嚷嚷道。

第十一章

洛锡安的王后一头钻进了卧室，不再理睬任何客人，派林诺只好独自一人吃早餐。饭后，他到海边散步，欣赏着海鸥从头顶飞过的美景；他们看起来和白色的羽毛笔差不多，脑袋上还沾了一点墨水。老鸬鹚站在岩石上晒干翅膀，就像一个个十字架。派林诺和平常一样，既有点伤感，又有点烦恼，因为他总觉得什么东西不见了。事实上，如果他的记性不太差的话，就会想起来，他少的不是东西，而是帕洛米德和格鲁莫。

就在这时，一阵叫喊声钻进了他的耳朵里，他便走过去看看是怎么回事。

“这里，格鲁莫，”他兴致勃勃地说，“快过来，我们在这儿呢！”

“瞧那只怪兽，老兄，你快看呀！”

“太好了，我们终于找到格拉提桑了。”

“亲爱的老兄，看在老天爷的面子上想想办法吧，咱们已经被困了一整夜。”

“但是格鲁莫，你为什么会是这个鬼样子？身上这些斑点有什么用？帕洛米德脑袋上又是什么鬼东西？”

“老兄，快过来呀，别老站在那儿说话。”

“但是格鲁莫，你好像长了根尾巴，瞧，它在你背后摇来晃去的。”

“我本来就有尾巴。”别再说废话了，你是不是应该做点什么？咱们已经在这该死的裂缝里待了一整夜，累得骨头都快散架了。快过来，派林诺，宰了这只寻水兽。

“为什么？”

“我的上帝呀，这十八年来，你不是连做梦都想杀死它吗？快点，派林诺，去帮帮他。如果你不赶紧想办法，咱们就要摔下去了。”

“我不明白，”国王难过地说，“你们为什么会在山崖上，而且打扮成这样呢？瞧瞧你们，是要自己去当寻水兽吗？但是话说回来，寻水兽又是从哪里来的？我想说的是，这件事发生得太意外了。”

“派林诺，我最后再问你一次，你到底杀不杀怪兽？”

“为什么？”

“因为它把我们逼上了悬崖。”

“这倒挺奇怪的，”国王说，“这是它第一次对人这么感兴趣。”

格鲁莫爵士扯着嗓子喊道：“帕洛米德觉得它爱上咱俩了。”

“爱上你们？”

“是吗？你瞧，我们打扮成寻水兽的模样了。”

“这就是物以类聚。”帕洛米德爵士无精打采地说。

派林诺国王终于露出了笑容，这可是他来到洛锡安后第一次笑。

“哎呀！”他说，“上帝保佑，我第一次听说这么可笑的事。帕洛米德为什么会这么说呢？”

“寻水兽已经围着悬崖走了一整夜，不是蹭来蹭去的，就是咕噜咕噜地叫着，有时候还会把脑袋缠在石头上，用那种眼睛注视着我们。”格鲁莫爵士一本正经地说。

“什么眼神，格鲁莫？”

“老兄，瞧瞧，和现在的眼神一模一样。”

寻水兽丝毫没把主人放在眼里，反而含情脉脉地盯着帕洛米德爵士。它的下巴紧贴着山壁脚，看起来热切而真诚，偶尔才会摇一下尾巴。它的尾巴在小圆石地面上左右摇摆，尾巴上和纹章一样的草束和叶饰发出了沙沙的声音，偶尔还会抓着山壁小声地哭泣。很快，它就觉得自己太唐突了，于是优雅地把蛇颈拱起来，把头藏在肚子底下，偷偷地从眼角往上看。

“那么，格鲁莫，我能做些什么呢？”

“我们只是想下来而已。”格鲁莫爵士说。

“我看出来了，”国王说，“确实是个好主意。很遗憾，我真的不知道这件事到底是怎样开始的，但我知道你们想下来，我心里像明镜一样。”

“那就杀了它吧。派林诺，立刻杀了这个丑八怪。”

“说真的，”国王说，“我不确定自己能做到。不管怎么说，它又没有得罪我们，你觉得呢？恋爱又不是什么坏事，这可怜的怪兽只是动了情，怎么就该死呢？再说，我自己也在恋爱，你应该知道吧？所以，我多少能明白它的想法。”

“派林诺国王，”帕洛米德爵士坚决地说，“如果您再不出手，在下就小命不保了。”

“但是亲爱的帕洛米德，你知不知道，我的剑是钝的，所以就算我有这个想法，也无能为力。”

“那就干脆把它敲晕吧，派林诺。狠狠地敲它的头，老兄，没准儿会把它敲成脑震荡呢。”

“格鲁莫大哥，你说得轻巧，但万一它没有昏呢？如果惹恼了它，格鲁莫，我该怎么办呢？我真是不明白，为什么非要对付这个东西？它只是喜欢你，并没有做错什么，是吧？”

“它为什么会这样和我没有任何关系，我只知道，我们被困在悬崖上。”

“那你们下来就行了。”

“老兄，只要我们下去，它就会攻击我们。”

“那都是因为它爱你，”国王安慰道，“其实是在向你们献殷勤，怎么会伤害你们呢？你们大大方方地在它前面走，肯定会安然无恙地回到城堡。当然，你们可以适当地鼓励它一下，因为不管是人类还是动物，都希望自己的付出有所回报。”

“听你的意思，”格鲁莫爵士冷冷地说，“是叫我们和这只爬虫打情骂俏吗？”

“这应该不是什么难事，我的意思是，走回去的路上。”

“那你想让我们做什么。”

“没事的时候，帕洛米德，你可以和它缠缠颈子，或者甩甩尾巴。如果能顺便舔舔它的鼻子，那就再好不过了。”

“在下，”帕洛米德爵士的脸上满是嫌恶，有气无力地说，

“休想！缠颈子、舔鼻子，开什么玩笑呢？听着，本人马上就要掉下去了，再见！”

话音刚落，倒霉的异教徒就松开双手，摔到了悬崖下，眼看着就要掉进怪兽的嘴巴里了。在这个危急时刻，格鲁莫爵士一把抓住他，仅存的几颗纽扣固定了他的位置，救了他的命。

“瞧瞧，”格鲁莫爵士说，“这就是你干的好事。”

“但是，我亲爱的老哥……”

“亲爱的老哥，叫谁呢？别狡辩了，你明明就是不想救我。”

“这是什么话？”

“就是这样，你这个无情无义的家伙。”

国王无奈地挠了挠头。

“我觉得，”他有些疑惑地说，“我应该能抓住它的尾巴，帮你们逃走。”

“那就别浪费时间了，如果你不赶快行动，帕洛米德一掉下去，我们就会变成两半了。”

“我还是不明白，”国王伤心地说，“你们当初为什么要这样打扮呢？这谜题我还没有解开。”

“但是，”他一边抓住寻水兽的尾巴，一边说，“起来吧，老女孩，我们只能见机行事了。好了，你俩快逃吧。快点，格鲁莫！坏家伙！乖乖的啊！快松开！别磨蹭了，你们快跑啊。过来过来！千万别碰！它马上就要挣脱啦！听见了没有，乖乖地过来。蹲下！去我后面！你这个坏东西！再跑快点，格鲁莫！快坐下！快躺下，大坏蛋！你好大的胆子！小心啊，老兄，它就在你屁股后面！该死，你是来真的吗？看啊，它真的咬我了。”

两人抢先一步，一跑到吊桥上，吊桥就立马被人拉起来了。

“呼！”格鲁莫爵士解开后半身的纽扣，站起来擦了擦额头上的汗。

“呜喔！”送鸡蛋进城的几个老太太欢呼道。城堡里有些人能说几句英语，包括圣托狄巴和莱兰阿姨。

“油光水滑的小家伙，胆小如鼠的大坏蛋！”守吊桥的人说，“天哪，吓死我了！”

“滚开！”其他人说。

“亲爱的帕洛米德爵士，他要过来撕啦！”几个明明知道他们在悬崖峭壁上困了一整晚，却只字未提的古民说。他们总是这样，生怕自己吃亏上当。

大家转过身子，认真地打量着异教徒，这才意识到一切都是真的。帕洛米德爵士倒在一座骑马踏脚石上，大口大口地喘着粗气，连砍下怪兽脑袋的力气都没有了。大家帮了它，往它的脸上泼了一桶水，还用围裙帮他扇风。

“这可怜的人！”他们满怀同情心地说，“这撒克逊人！这黑皮肤的野蛮人！他还能回来吗？继续让他喝水，对了，再多泼一桶。”

帕洛米德爵士好不容易才醒过来，鼻子冒着气泡。

“在下现在在哪里？”他虚弱地问。

“咱们都在这儿，好老弟，咱们已经没事了，怪兽在外面呢！”

就在这时，一声悲伤的哀号穿过铁闸门，就像三十对猎犬在对着月亮长嚎，成为最有力的证据。帕洛米德爵士情不自禁地颤抖起来。

“咱们还是去外面看看吧，不知道派林诺国王回来了没有。”

“好吧，格鲁莫爵士，让我清醒一下，一秒钟就行。”

“寻水兽可能已经对他不利了。”

“可怜的人！”

“你还好吗？”

“小伤而已，我马上就过去。”帕洛米德爵士强撑着说。

“那我们赶紧过去吧，没准儿怪兽正在吃他呢！”

“请带路吧！”说完，异教徒撑起身体，“朝城垛前进！”

就这样，一群人出发了，爬到了椭圆塔屋狭窄的阶梯上。

站在高处看下面，峡谷里的寻水兽小了很多，好像整个倒过来了。峡谷和城堡接壤，它坐在谷中的一块大圆石上，尾巴垂在小溪里，歪着脑袋仰望着吊桥，舌头伸在外面。派林诺去哪儿了？

“没看见怪兽吃它。”格鲁莫说。

“难道他已经被吃掉了？”

“老兄，时间这么短，根本来不及。”

“应该会留下骨头之类的，至少盔甲还在。”

“没错。”

“您认为，我们能做些什么？”

“这的确是个大麻烦。”

“我们是不是应该冒一次险呢？”

“不，帕洛米德，我们最好还是先观察一会儿，你觉得呢？”

“想好了再行动也不迟。”帕洛米德爵士和格鲁莫爵士的想法一样。

他们观望了半个小时，在场的古民渐渐失去了兴趣，纷纷跑下楼梯，隔着墙壁用石头砸寻水兽。两位骑士则留在瞭望台上。

“情况越来越复杂了。”

“没错。”

“我是说，你好好想想就会懂的。”

“完全正确。”

一方面，奥克尼王后很生气——她对那只独角兽意见大得很，另一方面，派林诺也不太高兴。还有你，爱的人不应该是美人伊索德吗？现在，寻水兽又同时爱上了我们。

“简直乱成了一锅粥。”

“仔细想想，”格鲁莫爵士不安地说，“爱情真是一种强烈得令人无法想象的情感。”

就在这时，两个紧紧缠作一团的人影从悬崖边的路上慢慢地走了过来，大概是为了证明格鲁莫是对的。

“我的天啊，”格鲁莫爵士说，“发生了什么？”

两人越走越近，身影逐渐清晰。他们终于看清了，一个人是派林诺国王，他搂着一个胖胖的中年女子的腰。她长着一张长长的马脸，脸色红润，穿着横鞍裙，手里拿着狩猎时用的短鞭，头发挽成了一个发髻。

“她一定就是法兰德斯女王的女儿！”

“干什么呢，你们？”派林诺国王一看见他们，就嚷嚷道，“猜猜，这是谁？你们想得到吗？猜猜，我找到谁了？”

“哈哈，”胖女士的声音洪亮，用狩猎的短鞭轻轻地拍他的脸，像个顽皮的孩子一样，“是谁找到谁啊？”

“是的，是的，我知道！压根儿不是我找到她，而是她找到我。你们认为如何？”

“你们知道吗？”国王激动得停不下来，“我永远都不可能收到回信，因为我没有留下回信地址。再说，我们哪有地址可写呢？我早就猜到了，一定是在什么地方出了差错。你们一定不知道，小猪居然骑着马，翻山越岭地来找我了。寻水兽是她的‘大恩人’，因为它的鼻子灵敏。更厉害的是咱们那艘魔法船，你们做梦都想不到，它看见我很难受，就跑回去把她们接来了——它至少还有八成脑筋。我从来不知道它这么贴心！她们不知道哪里的小海湾里有船，于是找到了这里。”

“但咱们为什么要站在这里呢？”国王叫道。他兴奋得快要发疯了，甚至没有给旁人插话的机会。“而且，咱们完全没必要喊来喊去的，这样是不是太没礼貌了？你俩是不是应该下来放我们进去呢？还有，这吊桥是怎么回事？”

“是寻水兽！派林诺，寻水兽就在峡谷里！”

“那又怎样？”

“城堡被它包围了。”

“也对，”国王说，“我差点儿忘了，它还咬了我一口呢！”

他挥舞着绑绷带的手，说：“瞧瞧，小猪很快就要帮我包扎好了。她是用那个帮我绑的，对了，就是那个。”

“衬裙！”法兰德斯女王的女儿大声地说。

“对，对，对，就是衬裙。”

国王简直笑弯了腰。

“这是好事，派林诺，都是好事，但你打算怎样对付寻水兽呢？”

国王陛下高兴地大叫道:“不就是寻水兽吗，有什么大不了的?看我的，我马上就去给它点厉害瞧瞧。”

“够了!”他快步走到峡谷边，挥舞着宝剑喊道，“够了，快走开!”

寻水兽满不在乎地看了他一眼，轻轻地动了动尾巴，表明他们认识，然后又把全部的注意力转移到了城楼上。偶尔会有古民朝它扔石头，却都被吞进了肚子里。你可以想象一下，你拼命地想把鸡群赶走，它们却偏偏不走，和现在的情况非常像。

“把吊桥放下来!”国王命令道，“把它交给我吧!快去吧!”

城里的人犹豫着放下了吊桥，寻水兽立马凑过去，脸上满是希望的表情。

“好了,”国王叫道,“你在前面探路，我跟在后面。”

吊桥还没有降到地面，小猪就迫不及待地冲了过去。派林诺国王的身手或许并不敏捷，也可能是被寻水兽的温情感动了,他们在过道上撞到了一起。寻水兽从他们后面冲上来，国王被撞倒了。

“小心，小心!”聚集在城堡里的仆人、鱼妇、鹰匠、蹄铁匠、制箭师傅和其他好心人异口同声地呐喊着。

法兰德斯女王的女儿转过身子，仿佛一只拼命护子的母老虎。

“还不快滚，不知羞耻的野丫头!”她大喊着用短鞭狠狠地抽打怪兽的鼻子。寻水兽眼泪汪汪地退开了，铁闸门正好降下，隔在了双方之间。

到了那天晚上，新的危机又诞生了。看样子，格拉提桑

怪兽已经下定了决心，不等到“另一半”决不罢休。在这种情况下，如果没有人护送，送鸡蛋进城的原住民肯定不愿意出城。最后三位南方骑士还要把他们送到山脚下。

在村子的街道上，圣托狄巴正在眼巴巴地等着迎接护卫团，就像一个邋遢的森林之身，被四个男孩围在中间。他满口威士忌酒气，开心地挥舞着手里的棍杖。

“好了，到此为止吧！”他大喊道，“我要赶着去和茉兰大娘结婚了。又和邓肯打了一架，再也不想当圣人了。”

“祝贺你！”这是孩子们对他的第一百次祝贺。

“我们也过得很幸福，”加瑞斯补充道，“我们每天吃晚饭的时候都能端菜。”

“所有的荣耀都是主人的功劳！每一天都可以吗？”

“没错，而且母亲还带我们去散步。”

“你看看，赞美青春，青春就来了！”

护卫队一出现，圣人就立刻像个伊洛克族[①]人一样怒吼起来。

“无耻的叛徒，拿命来。”

“放松点，”他们说，“放松点，圣人先生，他们拔剑并不是想打架。”

“怎么可能？”他怒气冲冲地问道，然后去吻了吻派林诺国王，浓烈的酒气味熏得他差点吐出来。

国王说：“听着，你真的要结婚了吗？我也是，你高兴吗？”

圣人没说话，只是紧紧地搂着国王的脖子，拉着他去茉兰大娘开的私酒店。派林诺不太喜欢这种被牵着鼻子走的感

① 伊洛克族（Troquois）：现居住在美国纽约和威斯康星州的原住民。

觉，因为他满脑子里都是小猪，想立刻就飞到她身边，但是没办法，他必须参加这场单身庆祝会。盖尔族人的恶意就像浓浓的雾气一样渐渐退去，不管是受爱情的感染，还是威士忌的作用，又或者雾气本身就不容易消散……这些都已经不重要了。不管怎么说，当地的居民已经把种族恩怨抛在了一边，敞开他们温暖的北国情怀，把三个远道而来的南方人当成了贵客。

第十二章

毕德格连之战的战场定在离谢伍德森林里的索赫特城[1]不远，时间则是圣灵降临节假期间。这是一场决定性的战役，从某种程度来讲，和后来所谓的“总攻战”有很多相似之处。

经过商量，反叛的十一位国王最终决定用诺曼人的方式和统治者决一死战，纯粹是为了娱乐和猎物，并不想杀死任何人——亨利二世及其儿子们猎狐狸时也是这种态度。和坦克车差不多的贵族骑士在国王们的指挥下，准备冒运动的风险，也就是裘洛克斯[2]口中的那种风险。以洛特王为首领的这场叛乱，做法简直和猎狐狸一模一样，唯一不同的是没有罪恶感，而且更加安全，危险程度只有百分之二十五。

但是对十一位国王来说，战功还是必不可少的。骑士虽然并没有发动大规模的自相残杀，对农奴却毫不留情。按照它们的估算，忙活一整天，最后却两手空空，那肯定非常

① 尤里安国王的领地。

② 裘洛克斯（Jorrocks）：罗伯特·史密斯·瑟蒂斯笔下的漫画人物。他是一位莽撞的杂货商，最喜欢做的事就是猎狐狸。

无趣。

就这样，按照反叛诸侯的计划，这要么是双重战役，要么是战中有战。负责保卫十一位国王的是六万步兵和武装护卫，他们全都是被征召而来的，装备不太好，更重要的是，因盖尔族悲剧而生的怒火正在他们心里熊熊燃烧，所以他们都想和亚瑟的两万英格兰步兵拼个你死我活。令人不可思议的是，这两支有着种族的深仇大恨的军队的掌控者，却是那些对“不是你死，就是我亡”的“贵族上层”。因此，军队就像一群猎犬一样，在猎犬主人的指挥下拼杀，却完全没有想到，这场战争对主人来说只是一场激动人心的赌局而已。还是用一个简单的例子来说明吧：如果这些猎犬违抗命令，洛特一群人肯定会屁颠屁颠地投奔亚瑟，和他的骑士一起平定这场暴动，因为在他们看来，这才是真正的叛乱。

根据传统，这些掌管着核心权力的贵族之间比和自己的部下亲近得多。他们认为，率领大队人马出征，不仅仅是为了得到更多的猎物，更是为了排场。在他们心里，只有“战场上头、手、肩膀满天飞，刀剑的声音传遍森林和水边”，才算得上是一场好仗。不用说也知道，飞的是农奴的头、手、肩膀，刀剑的声音则是全副武装的贵族打斗时发出来的，只有声音，却没有断手断脚，甚至丢命的危险。这是洛特一贯的策略。等到农奴死得差不多的时候，英格兰骑士也没什么好果子吃，亚瑟就会服软，和对方达成停战协议。战争最终的结果就是，胜利者可以得到一大笔赎金，然后一切照旧。唯一不同的是，封建共主的迷思会变得支离破碎，但是无所谓，这原本就只是个迷思而已。

用脚趾头都能想到，这样的战争肯定会按照规矩来，和

猎狐狸一样。如果天气合适，他们就会在事先约定好的地方开战，如此循环往复。

亚瑟却有自己的主意。对他来说，让八万平民百姓互相残杀，少数人却藏在坦克车里，为了赚取赎金而演习，这样的“娱乐方式”实在是太残忍了。亚瑟的想法渐渐发生了变化，他觉得那些头、手和肩膀都有自己的价值，至少对它的主人来说如此，这和他们的农奴身份毫无关系。在梅林的悉心教导下，他对传说中狮心王理查的做法产生了怀疑：眼睁睁地看着乡村被掠夺、庄稼被毁坏、士兵被屠杀却无动于衷，只是草草地支付一笔赎金了事，这是什么逻辑？

于是，英格兰国王下令，他的战争和赎金没有半毛钱关系。他的骑士要打败的是盖尔联邦的骑士，而不是敌方的步兵。既然两族积怨已深，那就干脆让他们好好地较量一番：步兵和步兵拼斗，他自己的贵族则和贵族厮杀，把他们当作普通步兵，没有讲和一说，也绝不搞芭蕾舞者的规范那一套。战争并不是真正的目的，他只是想让敌方首领看清楚战争的真相，最终对战争避而远之。

他清楚地意识到，这场战争结束后，和一切用武力扭曲良善的恶行斗争到底将成为一辈子的使命。

所以，我们有理由相信，国王的士兵在决战前夜晚诚心忏悔是完全有可能的事情。亚瑟的心愿已经在将领和士兵的心中播种：圆桌武士的新理想会在苦难中诞生，他们一定会冒着生命的危险做出令人不齿的事情，只是为了良善之事——因为他们深知，除了流血和牺牲之外，这场仗再没有其他报偿。他们唯一能得到的，只是承受着巨大的恐惧做应该做的事情，所以问心无愧。邪恶之徒总是过于感情用事，并将其成为光荣，从而贬低其价值，但其光荣的真谛丝毫未变。年轻的士兵们虔诚地跪在主教面前，这个信念早已在他们心中生根发芽。他们非常清楚,敌军的数量是自己的三倍,等到太阳落山的时候，他们温热的身体恐怕早已冰冷。

亚瑟以暴行拉开了战争的序幕，此后暴行接连不断。首先，他违背了一贯的开战时间。按照惯例，他应该先让军队吃过早餐后，再领兵和洛特对峙，等到中午、一切安排妥当后再下令开战。开战的信号一发出，他应该派骑士和洛特的步兵拼杀，洛特的骑士则会冲向他的步兵，一场精彩的屠杀就此展开。

但现在的情况是，亚瑟连夜出击，采取的是一种可悲又无礼的战术。他发出一声印第安式的欢呼，激情澎湃地高举着神剑，以一敌三，勇敢地冲进了叛军的营地。敌军的骑士比亚瑟多得多，光是叛军领袖“百骑王”一个人手下，就有圆桌武士在鼎盛时期的数量的三分之二。另外，亚瑟并不是战争的发起者，他只是在国内离边境好几百英里的地方与侵略者作战，而这个侵略行动也不是他引发的。

没多久，帐篷轰然倒塌，火炬熊熊燃烧，刀剑的声音此起彼伏，杀声遍野，惊惶的哀叹声时而响起。在火光的映照下,那喧哗的噪音、杀人或被杀的恶鬼变成了漆黑的身形——这里曾是谢伍德森林的杀戮战争，现在却摇身一变，成了茂密的橡树林。

这是一个了不起的开始,随之而来的是接连不断的成功。十一个叛王和手下的贵族已经全副武装，要知道，那时候贵族要用很长的时间才能把盔甲穿上，甚至需要一整夜。如果不是这样,交战双方很容易就能获胜。原住民骑士团结一心,

努力冲出了混乱的营地，好不容易才拼凑出了一支装甲兵团，但数量仍然是国王手下被盔甲保护的人的很多倍，却失去了以往的步兵屏障。时间紧迫，来不及编组步兵，那些跟在贵族身边的士兵要么士气涣散，要么像无头苍蝇一样，没人领导。亚瑟任命梅林为步兵的总指挥，负责对付以敌营为中心的对方士兵，他自己则率领骑兵去追赶叛乱的国王。他们正在四处逃窜,所以亚瑟非常清楚自己要做的只有一件事，那就是穷追不舍。敌军觉得既害怕又生气，认为这是对他们的骑士风范最大的侮辱，更对这种直截了当的杀人行为感到莫名其妙。他这样做，难道是想把贵族当成可耻的撒克逊步兵吗?

国王的第二个暴行，是他压根儿没把步兵放在眼里。他把战争中与种族仇恨、虽然邪恶却真正存在的部分推到了两族身上，让他们自己去解决，其实就是留给正在营地里浴血奋战的步兵和梅林，骑兵则一闪而过。帐篷里，虽然是每三个盖尔人对付一个高卢人，但突然袭击之下，形势对他们来说反而不利。事实上，亚瑟讨厌的并不是这些步兵，他将满腔的仇恨发泄到那些把他们搅得头昏脑涨的领袖身上，却知道必须要让他们好好地打一仗，就当作是对他们的惩罚。当然，他希望自己的军队能凯旋。与此同时，他的目标就是对付敌军将领。随着天越来越亮，亚瑟战法的暴虐之处也更加明显。

十一位国王好不容易才拼凑出了一道步兵屏障，忐忑不安地藏在后面等待亚瑟进攻。按常理来说，他会冲进这一排被吓坏的步兵阵营，疯狂地砍砍杀杀，但令人意外的是，他对他们视而不见，骑着马飞奔而过，似乎压根儿就不把他们当回事，甚至都没有出手攻击就径直冲向全副武装的敌军核心。步兵们简直不敢相信这一幕，对这个仁慈的举动感恩戴德，并没有把为洛锡安送命当成天大的荣耀。直到战争结束后，他们才从叛军将领口中得知，这并不是匹克特族的风格。

当太阳再次升起的时候，新一轮冲锋的号角也吹响了。

如果你在军操表演或某个展览上的露天古装剧场见识过骑兵冲锋的壮观景象，就会知道骑兵冲锋应该是用来“听的”，而不是用来“看的”。听，那雷鸣般的马蹄声、颤抖的大地、猛烈的炮火、五颜六色却踩不断的凉鞋！普通的骑兵演练已经如此，中非骑士的冲锋就更不用说了。可以想象一下，比午夜古装表演马儿的坐骑重两倍，马背上的人也因为装备和盾牌，重量变成了原来的两倍，这还没有包括盔甲撞击的钹音和缰绳的叮当声。在灿烂的阳光下，制服变成了明晃晃的镜子，长枪则变成了钢打的长矛。只见，长矛变低了，他们眼看着就要冲上来了。大地在马蹄下发出了剧烈的震颤，身后土块满天飞，深深的蹄印随处可见。但是，人们最应该害怕的，不是马背上的人，更不是他们手中的长矛或刀剑，而是战马的铁蹄，还有那无坚不摧的钢铁方阵产生的巨大的冲击力。那力道似乎轻而易举就能把人踏成肉酱，拼命地击打着大地，比鼓声更加响亮。

为了站稳脚跟，予以反击，盖尔联邦的骑士使出了全部的力气。但是没想到，在此之前，他们从来没有和不顾阶级差异的敌人交过手，又遭到了猛攻，更重要的是，他们原本以为自己的人数是对方的四倍多，对获胜信心十足，却被那么一小一支军队打得稀里哗啦，最终士气全无。面对一轮又一轮的猛烈进攻，他们不断地让步，勉强才保住了阵形，却

不断后退，在谢伍德森林里的一片空地上移动。那是一片广阔无垠的草地，看起来和长满青草的入海河口差不多，两侧都是高大的树木。

在这个阶段的故事中，很多人表现得英勇无比。洛特王和梅里奥·德·拉·胡赫爵士和克莱伦斯爵士单挑，后来，他被凯伊刺伤，从马背上摔了下来。他好不容易才重新爬到马背上，却再次被亚瑟砍伤了肩膀——年轻的亚瑟王是那么英勇，简直无处不在。

洛特虽然是将领，却更像是一个训练有素的军人，而且有点胆小。他虽然对形式非常看重，但这并不妨碍他成为一个精明的战术家。到中午的时候，他似乎明白过来，自己碰到的是一种全新的战争，所以必须要用新的守备方式。目前的情况是，亚瑟和他的手下的骑兵对赎金丝毫不感兴趣，他们只有一个目的，那就是想尽一切办法猛攻己方骑兵的铜墙铁壁，直到攻破为止。他最终选定的是消耗战。于是在战线后方的一场紧急会议上，十一位国王决定，由洛特率领四位国王和一半的骑兵继续沿着空地后退，做好一切准备。其余六位国王的任务则是守住英格兰军队，为洛特的部下争取宝贵的休息时间。按照计划，在前面冲锋的六位国王后退穿越阵地，洛特等人则在前线防守，把他们换下来。

叛军按照这个指令分开行动。

看见敌军兵分两路，亚瑟激动不已，因为他等待已久的时机即将来临，于是立刻让侍从骑马冲进森林。原来，他已经和班恩、勃尔斯两位法国国王结成了同盟，为了助他们一臂之力，他们专门从法国带来了一万人。按照作战部署，法军作为预备部队，埋伏在空地两侧的林子里，耐心地等待着国王把敌人赶到他们那里。侍从一路狂奔，盔甲在茂密的橡树林里闪烁着银光，洛特才猛然意识到自己上当了。他只看到了空地的一侧，勃尔斯王率兵猛攻他的侧翼，却对另一侧的班恩王一无所知。

直到这时，洛特才开始后悔。他的肩膀受伤了，才刚刚和专门砍杀贵族的敌人交战，现在又中了埋伏。“上帝啊，请保佑我们平安无事”，据说，他当时就是这样说的，“因为我们已经深陷绝境[①]。”

卡拉铎斯国王按照他的指令，率领一支精锐部队去和勃尔斯迎战，却发现班恩王像变戏法似的站在了对面。虽然他们的人数更多，勇气和信心却已经消失殆尽。“啊！”他对坎伯涅公爵喊道，“我们输定了。”据说，他还大声痛哭，因为他觉得既遗憾又伤心[②]。

卡拉铎斯摔到了地上，他率领的中队也被勃尔斯打得落花流水。在亚瑟的连续冲锋下，六位国王组成的前锋也败下阵来。洛特带着摩根诺国王的部队，调转方向，把目标对准了班恩王，打算守住侧翼。

如果再晚一个小时天黑，说不定叛乱在当天就能决出胜负。但是夜幕降临，正好又没有月亮，原住民才侥幸保住了自己的小命。亚瑟命令部队收兵，确定敌军已经士气涣散，所以让部下好好地睡一觉，只留下少数士兵放哨。

敌军累得筋疲力尽，再加上整夜都在赌钱，现在反而睡不着了。这些天，他们要么全副武装，要么召开作战会议。和所有曾发兵攻打格美利的高地军队一样，他们谁都不相信

---

① 来自于《亚瑟之死》第一部第十五章。

② 以上两句都来自《亚瑟之死》第一部第十六章。

谁。他们自以为是地觉得，今日一战会让敌军吓破胆，必定会连夜突袭。他们的意见也不一致，有的想投降，有的则抱着为了荣誉抗战到底的决心。一直到天快亮的时候，洛特王才说服了所有人。

他一声令下，残余的步兵被当作牲口一样赶开，四处逃窜。骑士们则团结一心，组成单一方与敌军展开厮杀，如果有人临阵脱逃，就会被当场处死。

直到第二天早晨，还没等他们排好队形，亚瑟就已经派兵杀过来了。他还是坚持之前的战术，一开始派遣的只是四十名骑兵小队。别看这支队伍人数不多，但全都是勇猛过人，绝对称得上是精锐部队。他们继续发起猛攻，一举穿越或突破敌阵后就重整队伍，准备发起新一轮的袭击。在亚瑟的猛攻之下，顽强的敌人节节败退，抱怨不已，像霜打的茄子一样意志消沉、斗志全失。

正午的时候，三位站在同一条船上的国王全军出动，打算彻底击垮敌军。一时间，呐喊声、厮杀声四起，断裂的长矛遍地都是，马儿拼命地挣扎，然后重重地倒在地上，凄厉的叫喊声响彻云霄。最后的决战结束后，草皮遭到了毁灭性的破坏，到处都是各种各样的兵器，留下的只是一片不自然的静寂。当然，偶尔会有人骑着马走来走去，盖尔骑士兵团却早已消失得无影无踪。

国王骑着马，离开了索赫特城，等他回到自己的城堡时，梅林正在门口迎接他。魔法师看起来累极了，还是没有骑马，和步兵一样穿着无袖锁子甲——这就是他参战时的装束。从他口中，国王听到了盖尔族步兵投降的好消息。

第十三章

很多个星期之后，派林诺国王和未婚妻坐在山崖上，沐浴着九月的月光，眺望着一望无际的海洋。要不了多久，他们就要去英格兰成亲了。国王温柔地搂着她的腰，耳朵紧紧地贴在她的头顶，陶醉在温暖的二人时间里。

“多拿尔这个名字真是太有趣了，”国王说，“你怎么会想到这个名字呢？”

“可是，派林诺，这不是你想出来的吗？”

“什么？”

“没错，就是你，阿格洛法、帕西拉、拉莫瑞克和多拿尔。”

“他们一定会和普智天使一样，”国王兴奋地说，“和普智天使一样！但是谁能告诉我，普智天使是什么？”

在他们背后，古老的城堡颤巍巍地耸立着，衬着满天星斗。圆塔顶层隐约响起了吵闹声，原来是格鲁莫和帕洛米德为了寻水兽而在争吵。它仍然对假的寻水兽一往情深，也仍然包围着城堡，只是在洛特带着败军回来的那天安全了几个小时而已。当英格兰骑士得知己方与奥克尼的军队已经纠缠

了很久的时候，惊得下巴都快掉下来了，但是又有什么用呢？因为战争早已结束。现在，所有的人都留在城内，吊桥一直被升得高高的，格拉提桑怪兽则趴在塔底，头部闪烁着银光。派林诺坚决反对杀它。

梅林去旅行时也来到了这里。他的肩膀上挂着一个背袋，脚穿着巨大的长靴，打扮得很时尚，全身都是雪白雪白的，看起来容光焕发，和急匆匆地赶到藻海[①]结婚的鳗鱼一样，因为妮姆马上就要出现了。但是他漫不经心的，始终没有想起来那件应该告诉徒弟的事到底是什么，所以在他俩讲述自己的困境时显得非常不耐烦。

骑士们站在城墙上，大声地对站在外面的魔法师喊道："实在抱歉！这都要怪寻水兽。洛锡安和奥克尼的王后都很讨厌它。"

"你们确定这件事和寻水兽有关吗？"

"没错，老兄。你看，它把咱们包围了。"

"尊敬的先生，"帕洛米德可怜巴巴地哭着说，"要怪就怪我们自己，我们扮成了寻水兽的样子，进城时又刚好被它撞见了。不然的话，它就不会产生那种特殊的情感，真要命啊！这下好了，怪兽认定伴侣就在里面，所以死活不走。如果把吊桥降下来，可是会有很大风险。"

"你们还是好好跟它解释一下吧。就站在城垛上，把误会说清楚就好了。"

"您觉得它能听懂吗？"

"不管怎么样，"魔法师说，"作为一只魔兽，不是完全

---

① 藻海（Sargasso Sea）：位于西印度群岛东北的海域，因散布漂浮的马尾藻而闻名。

没可能的事。”

但令人失望的是，解释似乎没有任何作用，寻水兽还是深情地凝望着他们，大概是觉得他们在撒谎。

“嘿，梅林，千万别走！”

“我必须要走！”他满不在乎地说，“我还有一件事没做，现在却想不起来了，也不知道自己要去哪里。而且我还要继续徒步旅行，要去北亨伯兰找我师父布莱斯，让他把这场战争的经过记录下来，然后再去观赏野雁，接着再……啊，我也不记得了！”

“但问题是，梅林，寻水兽不相信我们。”

“没关系。”他的语气暧昧而忧虑，“我要出发了，抱歉。请你们代我向摩高丝王后道歉，并问候她。”

于是，他踮起脚尖准备消失。他说的是徒步旅行，但其实他很少走路。

“梅林，梅林！等会儿！”

他再次现身，生气地说：“还有什么事吗？”

“寻水兽不相信我们，那我们应该怎么办？”

他皱着眉头。

“帮它好好分析一下。”说完，他又准备转圈。

“可是，梅林，等等！应该怎么分析呢？”

“和平常一样呗。”

“说具体点。”他们绝望地喊道。

梅林像变戏法一样消失了，只有话音留在原地。

“比方说，弄清楚它做了什么梦。再解释一下现实情况，但是别扯太多的弗洛伊德。”

从那以后，为了不打扰派林诺国王享受二人世界——他

正好不愿意为这些芝麻绿豆般的小事伤脑筋，格鲁莫和帕洛米德只好自己想办法。

“哎，听我说，”格鲁莫爵士嚷嚷道，“鸡生蛋……”

帕洛米德爵士打断他的话，开始解释起花粉和雄蕊之间的关系来。

城堡圆塔的皇家寝室里，洛特王夫妇躺在双人床上。国王已经呼呼大睡，这些天，他为了写战争回忆录实在太累了，更何况，他没什么特殊的理由保持清醒。摩高丝王后翻来覆去睡不着。

明天，她就要去卡利昂参加派林诺的婚礼。她告诉丈夫，为了请求国王宽赦他，这次她会以使节的身份去。她会带着孩子一起去。

洛特不准她去，为此大发脾气，但是她说她知道怎样对付洛特。

王后悄悄地下床，走到柜子前面。败军回来后，她听说了很多关于亚瑟的传言，说他是一个强壮而有魅力的人，纯真而且宽宏大量。即便他的手下败将心中充满了嫉妒和猜忌，但这丝毫无损于他的风姿。相传，这位年轻人和萨南伯爵的女儿莱安诺儿还发展了一段地下情。王后摸黑打开柜子，拿出了一条像布一样的东西，站在窗边的月光下。

论残忍，这条布绝对比不上黑猫魔法，却比它要恐怖一百倍，它的名字叫绊马索，是专门用来绑家畜的。每个原住民的柜子里都有好几条这样的东西，但并不是什么厉害的魔法，顶多只是个符咒。而摩高丝的这一条，是从丈夫带回外岛来安葬的一位士兵尸体上取来的。

那其实是从死者侧面割下来的一小块人皮，也就是用小刀从右肩开始，小心地割出两道切口，这样才能保持条状，然后从右臂外侧往下拉,像沿着手套接缝一样绕过每根手指，再向上割到腋窝为止。然后，朝身体外侧割去，从脚到腋下，最后才回到肩膀的起点，绕尸体轮廓一圈。细长的条状物就是这样得来的。

绊马索的用法是这样的：趁心爱的人睡着后，将绳索从他的头顶抛过去，千万不能吵醒他，再把绊马索绑成蝴蝶结。如果你不小心吵醒了他，他就会在一年之内死去；相反，如果没有吵醒他，他就会深深地爱上你。

在月光下，摩高丝王后拉着绊马索。

四个男孩也没睡着，但他们不在自己的房间。晚餐时，他们在楼梯上偷听父母的对话，知道母亲第二天就要去英格兰。

现在，他们正在一座小小的教堂里，虽然面积只有二十平方英尺，历史却非常悠久，和基督教传来岛差不多。教堂是用石头砌成的，和堡垒高墙一样，并没有使用石灰。窗子上没有玻璃，月亮照进了石头祭坛上的圣水盆。水盆是用石台挖凿而成的，相配的盆子则是用剥落的石片切割而成的。

奥克尼家的四个男孩端端正正地跪在祖先的故里祈祷，祈祷自己对亲爱的母亲一辈子忠诚，不辜负她对康瓦尔宿仇的苦心教导，并且永远牢牢地记住父亲统治的雾之国洛锡安。

窗外，一轮弯月挂在天上，就像浓重夜幕里的魔法指甲屑。风信鸡和天空遥相呼应，它口中衔箭，指向遥远的南方。

第十四章

幸好帕洛米德爵士和格鲁莫爵士运气好，就在车马队动身出发前一秒，寻水兽清醒过来了，不然的话他们就要留在奥克尼，与整场婚礼失之交臂。尽管如此，他们还是一整夜都没合眼，因为寻水兽恢复得太突然了。

但现在出了一个新问题，它居然又有了“新欢”，就是了不起的分析师帕洛米德，这在心理分析过程中倒不是什么稀罕事，事实上，它早就对原来的主人失去了兴趣。派林诺国王只是感叹了几句，就爽快地把所有权交到了撒克逊人手上。尽管马洛礼明确地说过,只有派林诺国王才可能抓到它，但是你也看到了，在《亚瑟之死》的后半部，追它的人一直是帕洛米德爵士，正因为如此。其实，抓到它的到底是谁一点儿也不重要，因为到现在为止，任何人都没有抓到过它。

去南边的卡利昂路山高水远，一路上轿子不停地摇晃，护卫骑着马在飘扬的燕尾旗下慢慢行走，所有的人都掩饰不住内心的兴奋。轿子看起来非常有意思，它是由普通的双轮马车构成的，两边分别有一根长棍，像旗杆一样，双棍之间悬挂着一张吊床，躺在里面的话，一丁点儿颠簸都感受不到。在皇家队伍的带领下，两位骑士一想到自己终于要离开城堡去参加婚礼，就欣喜若狂。圣托狄巴和莱兰大娘也赶来了，因此变成了双重婚礼。寻水兽走在队伍的最后面，眼睛一秒钟都不敢离开帕洛米德，生怕自己再次被辜负。

所有的圣人都走出蜂巢屋来给他们送行，佛美人、佛伯格人和达努的子民、原住民，全都向他们挥手道别，悬崖上、小船上、山巅、沼泽和贝塚上到处都是他们的身影。赤鹿和独角兽也倾巢而出，它们并排站在山冈上，依依不舍地目送着他们离开。从海口赶来的尾巴分叉的燕鸥吱吱地尖叫着，和发电报的声音简直一模一样。白尾的麦鹟在队伍左右飞行，偶尔停留在荆豆丛：老鹰、游隼、乌鸦和山鸦则久久盘旋在他们头顶上空。甚至连燃烧泥炭时所生的浓烟也来凑热闹了，大概是想在他们的鼻尖盘旋最后一次。在烈日下，欧延碑文、地底密道和海角碉堡展现着史前时代辉煌的建筑风采。海鳟和鲑鱼浮出水面，看起来银光闪闪。在这个全世界最美丽的国度，它的峡谷、山峦、长满石南的山肩膀也不约而同地加入了呐喊的队伍，“不要忘了我们”，盖尔世界的灵魂对男孩们的呐喊久久回荡在山间。

对男孩们来说，旅途是令人兴奋的，但在目睹卡利昂首都的繁华景象时，他们简直被惊呆了。在这里，国王的城堡周围街道纵横交错，有熙熙攘攘的大街，还有临近贵族的城堡、修道院、礼拜堂、教堂、大圣堂、市集和商店。街上的人密密麻麻，他们穿着蓝、红、绿色等鲜艳颜色的服饰，拎着购物篮，有的赶着前方聒噪的鹅群，有的则穿着制服，为老爷跑腿。铃声响起，钟塔上报时声悠扬，旗帜在风中飞舞，

连空气都变成了活的。在这里，除了狗、驴子、身披华丽衣裳的马儿之外，还有神父和农村随处可见的马车，轮子吱呀吱呀地响着,好像世界末日已经来临。这里的商品琳琅满目，有裹着金箔的姜饼，有最新款的铠甲套件，还有五颜六色的丝绸、各种各样的香料和珠宝。店铺面前飘舞着色彩艳丽的招牌，和现代旅馆的招牌差不多。在酒店外，仆从们一边开怀畅饮，一边大声喧哗，老太太们则为鸡蛋讨价还价；流浪汉在售卖猎鹰，肥头大耳的议员则戴着耀眼的金链子，作为自己身份的象征；皮肤黝黑的农夫除了绑腿之外，全身上下连一块布都没有；灵缇被皮绳拴在一起，长得怪模怪样的东方人大声地叫卖着鹦鹉；漂亮的小姐们装模作样地迈着小碎步，全都戴着顶端垂着面纱的高高的帽子，看起来非常可笑。如果小姐们正好要去教堂，往往会有侍从在前面带路，手里还捧着祈祷书。

卡利昂被高大而坚固的城墙包围着，长长的城垛看起来无边无际。在城墙上，每隔两百码就有一座塔楼，而每座塔楼都有四扇大门。如果是你从平原那边过来的，远远就能看见从墙上冒出来的城堡主楼和教堂尖顶，一簇一簇的，就像盆栽开花一样。

亚瑟王和好友重逢，再加上派林诺的婚事，好事成双，觉得特别开心。那时候，他还年幼，第一次在野森林遇到派林诺后就把骑士当成了偶像，于是决定举办一场风风光光的盛大婚礼。他们包下卡利昂大教堂，怎么铺张怎么来，尽量做到皆大欢喜。主教弥撒的主持者是多如牛毛的枢机主教、主教和教廷史节,宽敞的教堂里到处可以看见紫红两种颜色，焚香弥漫。小童轻轻地摇晃着银铃，时不时还要对着某位主教摇铃，这样就能把叫醒。有时候，教廷史节会把香洒满主教全身。毫不夸张地说，那场面一点儿也不比百花大战逊色，几千支蜡烛在华丽的祭坛前摇曳。不管是从哪个方向看，都可以看到圣职人员忙碌的身影，有的在铺展桌巾、拿着经书、互相祝福、用圣水打湿彼此，有的则虔诚地在胸前画着十字。美妙的乐声响彻云霄，既有格利高里圣歌，也有圣安布罗斯圣乐。教堂里人山人海，有僧侣、修士和方丈，他们全都穿着凉鞋，和教士肩并肩站在一起，骑士的盔甲和火红的烛光交相辉映。你甚至可以看见一位方济会主教，他一身黑衣，戴着红色的帽子。主教的长袍和法冠几乎全部都是用金缕织成的，边缘还镶着亮闪闪的钻石，这些人时而脱掉衣服，时而穿上衣服，弄得整间教堂里沙沙作响。他们叽里呱啦的，讲话的速度非常快，除了拉丁文的复数所有格之外，他们什么都没听懂。神职人员的训诫、劝励和祝祷轮番上阵，教堂里的会众居然没有当场就上天国，这的确算得上是个奇迹。好心的教宗将赎罪券分给在场的每一个人，因为他也和他们一样，希望婚礼画上完美的句号。

婚礼结束后，婚宴就正式开始了。举行仪式的时候，派里诺国王夫妇俩一直手牵着手，烛光、焚香、圣水把他们和身后的圣托狄巴及莱兰大娘弄得头晕目眩。人们高兴地把他们送上了荣誉主位，上菜的任务则落在了亚瑟王的身上，莱兰大娘的喜悦之情可想而知。菜品丰富多彩，有孔雀派饼、鳗鱼冻、德文郡奶油、咖喱海豚肉、冰水果沙拉，以及两千种美味的小菜。婚礼上热闹极了，有演说的，有唱歌的，还有为健康举杯庆祝的。此外，还有一位特意从遥远的北亨伯兰赶过来的特使，他是来送电报的。电报的内容是这样的：

“梅林祝你们新婚快乐、永远幸福。礼物在王座下。向阿格洛法、帕西拉、拉莫瑞克、多拿尔表示问候。”电报带来的兴奋很快就平息了，找到礼物后，人们把满腔热情投入到了几种好玩的纸牌游戏中，在场的年轻人都可以参加。这场游戏的冠军是王室的一名小侍从，他就是班威克的班恩王的儿子蓝斯洛，班恩王是亚瑟在毕德格连的盟友。婚礼现场还有很多有趣的游戏，有衔苹果、推移板、跷跷板和一种名字特别搞笑的傀儡喜——麦克和牧羊人，人们玩得开心极了，笑声一片。为了争夺劳德比利特赦书，圣托狄巴和一位胖主教吵得不可开交，一气之下，居然用大木棒把主教敲昏了，场面顿时变得有些尴尬。

大家满怀深情地唱完《忆往日》后已经到了深夜，于是渐渐散去。派林诺国王身体有些不舒服，新的派林诺王后把扶到床上，让大家别担心，因为他只是过于兴奋。

此时的北亨伯兰却是另一副场景：梅林突然从床上跳了下来。他们刚欣赏完清晨和日落时的大雁，累得差点就要散架了，正打算睡觉的时候却在梦中想起了一件事，应该说是，非常简单的一件事——他忘记告诉他们亚瑟的母亲是谁了。他只顾着没完没了地谈论着亚瑟·潘德拉贡、圆桌理念和战局分析、桂妮薇和剑鞘、过去和将来，却把这件最重要的事忘记得一干二净。

亚瑟的母亲叫作伊格莲，也就是本书开始的时候，奥克尼的孩子们在圆塔上提到的那位，在庭塔阁被抓到的伊格莲。尤瑟·潘德拉贡那天晚上冲进城堡后，伊格莲肚子里就有了亚瑟。按照习俗，要等到伊格莲的守丧期结束后，尤瑟才能和她结婚，但亚瑟等不及了，所以一出生就被送给艾克特爵士抚养。除了梅林和尤瑟，谁都不知道他被送到了哪里，伊格莲同样如此。现在，尤瑟已经死了。

梅林打着赤脚，站在冷冰冰的地板上，站在床边左右摇晃着。如果他马上就出发，赶往卡利昂，说不定还来得及。但是现在，他已经筋疲力尽，而且被所谓的“后见之明”弄得稀里糊涂的，再加上他还处于半梦半醒的状态，于是想等到第二天早上再说，甚至不记得自己到底是在未来还是过去。在黑暗中，他用粗糙的手摸索着睡衣，睡意蒙胧的脑子里到处都是妮姆身影。梅林跌跌撞撞地倒在床上，胡子塞进棉被，鼻子压着枕头，进入了梦乡。

偌大的城堡大厅里空荡荡的，亚瑟王往后靠着。他刚与几位信得过的骑士喝了点酒，他们已经走了，只剩下他一个人。这一天真累啊，但幸好他还年轻，正是精力充沛的时候。他用后脑靠着王座，回想着婚礼上发生的一切。他猛然意识到，从他把石中剑拔出来并成为国王开始，战火就一直蔓延，但正是因为这些磨炼，他才蜕变成了现如今这个有气度不凡、有担当的人。现在，他终于可以安安稳稳地过日子了，在和平的喜乐里，他幻想着自己和梅林预言的那样，会和自己喜欢的人结婚，没准儿还会有一个家。他一边想着包括妮姆在内的所以美女，一边沉沉地睡着了。

突然，他从睡梦中惊醒过来，发现面前站着一位黑发蓝眼、头戴王冠的美丽女子。来自北方的四个野孩子怯生生地站在他们的母亲身后，显得非常傲慢，而女子的手里正卷着一条带子。

外岛的摩高丝王后不参加宴席，选择在这个时候出现，这一切都是她精心安排的。这是她和年轻的亚瑟王第一次见

面，而她对自己过人的容貌非常有自信。

事情为什么会发展到这一步，这个问题谁又能说得清呢？也许真的是绊马索的功劳吧！可能是因为王后的年龄比亚瑟大一倍，生活阅历和经验自然要远远超过他。也可能是因为他生性单纯，总是轻易就会对人作出评断。当然，还有一个至关重要的原因，那就是他从来没有见过自己的亲生母亲，所以一看见带着孩子的摩高丝，就立刻陷入了浓浓的母性之爱中无法自拔。

不管怎么样，九个月后，这位空暗女王和自己同母异父的弟弟的儿子出生了，取名莫桀。后来，梅林绘制了一份家谱。

我觉得你可以把家谱当作历史教材，好好地读几遍。因为这是亚瑟王悲剧中最重要的部分，托马斯·马洛礼爵士之所以给自己的那部长篇巨著取名为《亚瑟之死》，也是这个原因。虽然书中的绝大多数内容都与骑士比武、寻找圣杯有关，但其真正的目的并不在于此，而是这个年轻人到底是怎么死的。毫无疑问，这是一部悲剧，一部彻彻底底的亚里士多德式的悲剧，讲述的是罪愆的阴魂不散。因此，我们一定要牢牢地记住亚瑟的儿子莫桀的身世，尤其不要忘记国王曾经和自己的亲姐姐同床共枕。亚瑟对这件事一无所知，这或许是她的错，但在悲剧中，“纯真”不能解决任何问题。